Série Vaga-Lume

MISSÃO NO ORIENTE

Luiz Puntel

Ilustrações
Avelino Guedes

editora ática

Editor	Fernando Paixão
Editora assistente	Carmen Lucia Campos
Assessora Editorial	Rosemary Pereira de Lima
Preparadora	Lygia M. Benelli Goulart
Coordenadora de revisão	Ivany Picasso Batista
Revisora	Luciene Lima

ARTE

Editor	Marcello Araujo
Editoração eletrônica	Antonio Ubirajara Domiencio

CIP-BRASIL. CATALOGAÇÃO NA FONTE
SINDICATO NACIONAL DOS EDITORES DE LIVROS, RJ

P984m
4.ed.

Puntel, Luiz, 1949-
Missão no Oriente / Luiz Puntel ; ilustrações Avelino Guedes. - 4.ed. - São Paulo : Ática, 1999.
152p. : il. - (Vaga-Lume)

Contém suplemento de leitura
ISBN 978-85-08-06594-3

1. Novela infantojuvenil brasileira. I. Guedes, Avelino. II. Título. III. Série.

10-5679. CDD: 028.5
CDU: 087.5

ISBN 978 85 08 06594-3 (aluno)
ISBN 978 85 08 06595-0 (professor)
Cod. da OP: 248641

2024
4ª edição
26ª impressão
Impressão e acabamento: Forma Certa Gráfica Digital

Av. Otaviano Alves de Lima, 4400 – CEP 02909-900 – São Paulo, SP
Atendimento ao cliente: 4003-3061 – atendimento@atica.com.br
www.atica.com.br

Agradecimentos

"Nenhum homem é uma ilha!", afirmou o poeta John Donne, demonstrando que ninguém vive só. Assim também nenhum autor escreve um livro a duas mãos apenas. Embora seu trabalho seja solitário, muitos colaboram, solidariamente, para que a narrativa se processe. É neste sentido que agradeço às pessoas abaixo, que me ajudaram com sua solidariedade:

Ana Rachel Bittar, Antonio Carlos Olivieri, Carmen Lucia Campos, Cláudia Vanetti, padre Edson Shigueo Shiramizu, Fátima Chaguri de Oliveira, Geny Yasuko Sakai, Hisaho Shimotsuma, Hisako Shima, Inês Urabe, Maria Cristina Batoni Abdalla, Maria José Roma, Mariza Moreira Campos, Rosemary Pereira de Lima, Sayonara Moraes, Shirley Aparecida de Souza, Toneko Kodaka.

Aos redatores de Tudo Bem e Notícias do Japão, jornais japoneses editados em português, e a todos os dekasseguis que entrevistei.

De maneira especial, muito especial, agradeço ao gaijin Luís Henrique D'Andrea, doutorando em Relações Internacionais pela Universidade Sophia, de Tóquio. Sem nossos longos contatos via internet este livro não seria realidade, mas apenas intenção.

Homenagem póstuma

Aos dekasseguis brasileiros que morreram em Kobe, sepultando seus sonhos e projetos, o meu carinho: Adilson Stafussi, Aparecida Neves de Oliveira, Cleusa Longo, Márcia Helena Yasuko Ueda, Tamirez Stafussi, Thiago Stafussi, Wellington Mitsuyuki da Silva.

ACOMPANHE MÔNICA NESTA SURPREENDENTE MISSÃO.

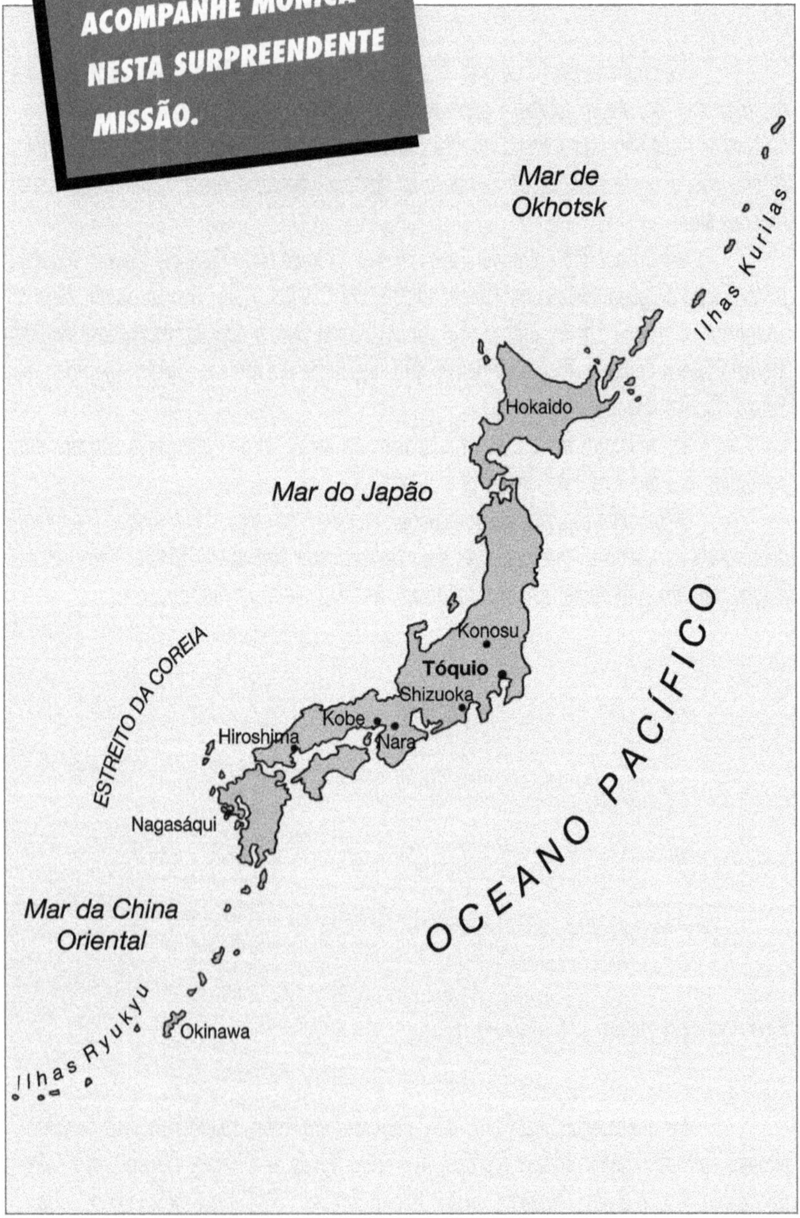

Dekasseguis: *em busca de um sonho*

A história que você lerá neste livro é fruto de uma exaustiva pesquisa sobre os dekasseguis, *designação dada pelos japoneses aos trabalhadores que deixam sua terra natal e deslocam-se para outras regiões a fim de trabalharem temporariamente.*

A partir do final da década de 1980, com a forte recessão econômica brasileira e a necessidade do Japão em contar com mão de obra estrangeira, milhares de brasileiros, descendentes de japoneses, têm voltado à terra de seus avós para, seguindo a rota contrária dos antepassados, tentar o sonho da sobrevivência econômica. Exilados econômicos dos fracassados planos financeiros, eles se sujeitam a trabalhos considerados cansativos, perigosos e sujos.

É deles que Luiz Puntel trata nesta emocionante aventura. Com Mônica e seus amigos, vocês se surpreenderão ao conhecer os costumes, as tradições e a maneira como os japoneses encaram a vida. Acompanharão também a difícil luta de Mônica para encontrar o avô paterno. E torcerão para que sua missão seja bem-sucedida.

Conhecendo Luiz Puntel

Luiz Puntel é velho conhecido dos leitores da série Vaga-Lume. Já brindou o público jovem com títulos como *Meninos sem pátria, Açúcar amargo* e *Tráfico de anjos*, entre outros. Funcionário por doze anos do Banco do Brasil, trocou um emprego até então considerado seguro para se colocar a serviço da palavra. Seja em sua Oficina Literária, curso que já propiciou a milhares de jovens vestibulandos o domínio do escrever, seja pelo Communicare, curso de oratória, proporcionando aos adultos o domínio da linguagem oral, Puntel se considera um operário da palavra.

Neste *Missão no Oriente*, Puntel se volta para os problemas sociais de nosso país e põe agora o dedo na ferida dos jovens descendentes de japoneses que, enfrentando preconceitos e dificuldades, abandonam os estudos para tentar a vida no Japão, país de seus pais e avós.

Foto: Arquivo pessoal.

Para Sônia, Ludmila e Taís,
minhas três mulheres,
pela compreensão das ausências.

Sumário

Só resta ao homem
a dificílima dangerosíssima viagem
de si a si mesmo!
Pôr o pé no chão do seu coração
experimentar
colonizar
civilizar
humanizar
o homem
descobrindo em suas próprias
inexploradas entranhas
a perene, insuspeitada alegria
de con-viver.

(*O Homem; as viagens* — Carlos Drummond de Andrade)

1 *Se quiser ser meu amigo...*

O avião com destino ao Japão, via Los Angeles, nos Estados Unidos, preparava-se para decolar. Era manhã de começo de dezembro, no Aeroporto Internacional de Guarulhos. O calor lá fora era intenso, mas dentro da aeronave norte-americana a temperatura regulada pelo sistema de ar-condicionado era agradável.

Uma simpática mestiça, filha de brasileira e japonês, cabelos negros, em tranças, ajeitava com dificuldade seus pertences. Teve mesmo de subir na poltrona para alcançar o compartimento das bagagens.

— Sakurako, você não perdeu nada? — perguntou um dos passageiros que lotavam o enorme Jumbo 747. Envergonhadíssima, arrumou de qualquer jeito suas coisas. Como alguém se atrevia a chamá-la por aquele nome horroroso? Virou-se, a face enrubescida. Já ia fuzilar uma resposta malcriada, mas o sorriso que o jovem lhe dirigia a deixou indefesa.

— Como você sabe... sabe... meu nome?

— Li no passaporte. Ele estava caído no chão. Tome! — o jovem entregou-lhe o documento. — Posso te ajudar com as bagagens? Tenho mesmo que guardar minhas coisas aí em cima, no bagageiro! — o jovem prontificou-se a ajudá-la. Terminando a arrumação, já sentado ao lado de Sakurako, ele se apresentou:

— Muito prazer! Meu nome é Nélson, sou de Londrina, no Paraná — o forte sotaque denunciou sua procedência paranaense. — E você, Sakurako, é de onde?

— Sakurako, você não perdeu nada? — perguntou um dos passageiros que lotavam o enorme Jumbo 747.

— Sou de São Paulo. Se você quiser ser meu amigo, me chame de Mônica — a jovem fez cara de quem não tinha gostado nada de ser chamada pelo nome japonês.

— Tudo bem, amiga! Você é igual à minha irmã. Ela também detesta o nome japonês de batismo.

Como Mônica ficasse em silêncio, Nélson, para manter o diálogo, acrescentou:

— No saguão do aeroporto, vi você se despedindo de seus pais e acho que você faz parte do nosso grupo de *dekasseguis*, correto?

— Eu vou para Konosu, na província de Saitama! — respondeu Mônica.

— Então, estamos no mesmo grupo... — Nélson emendou.

— Só não sei se posso me considerar dekassegui, uma emigrante. Eu tenho uma amiga que está lá há um bom tempo. Ela é que me incentivou a fazer *arubaito*. Acho que é assim que os japoneses definem o nosso "fazer um bico", não?

— É, isso mesmo! Eu sei como é esse sistema... — o jovem confirmou com a cabeça. — Mas o que te motivou a ir?

— Terminei o colegial, prestei vestibular e nada! Esse ano, fiz cursinho, mas pela segunda vez não passei no vestibular. Como já levei pau na primeira fase...

— Você prestou para quê?

— Odontologia. Mas não sei se o que quero é ser dentista... Lá em casa a tradição é entrar direto, até mesmo sem cursinho. Minha irmã já cursa Medicina, entrou direto; meu irmão entrou em Direito na São Francisco, também direto... Só eu que estou marcando passo. Por isso, eu me senti meio perdida, sem perspectivas...

— Seu pai não te cobrou pela derrota?

— Não, até que não. Ele é japonês à antiga em certas coisas, mas compreendeu. Eu é que me cobro muito...

— E agora você arruma um dinheirinho no Japão e sustenta os estudos, acertei?

— Exato! Vamos ver se dá certo...

— Muita gente lá de Londrina também faz esse esquema. Vai agora no fim do ano, arruma um *arubaito* e fica até começarem as aulas.

2 *Um segredo na mochila*

Quando o avião deslizou na pista, iniciando a decolagem, Mônica e Nélson, ao sentirem o arranque dos potentes motores, emudeceram. Um misto de medo e expectativa tomou conta dos dois. Mônica agarrou-se nos braços da poltrona. O mesmo medo havia sentido ainda há pouco. Sua bagagem de mão, composta de uma sacola de viagem e uma mochila, ao passar pelo detector de metais, acionou o alarme. O funcionário exigiu que ela abrisse a mochila. Com seu jeitinho simpático, ela conseguiu convencê-lo de que o que levava não se tratava de uma arma.

Ainda com medo da decolagem, mentalmente, como numa prece de boa sorte, disse para si mesma: *"Sayonara, Burajiru!"*, dando até breve ao Brasil.

De repente, uma das *dekasseguis* sentadas perto de Mônica levantou-se. Mônica percebeu que ela estava apavorada.

— Aonde você vai? — Mônica interceptou sua caminhada em direção à porta do avião.

— Me larga, me larga! Eu quero descer! — ela quase gritava, desesperada.

Mônica, ajudada por Nélson e dois outros passageiros, obrigou-a a sentar-se e afivelou fortemente seu cinto de segurança.

Passado o nervosismo, a jovem olhou para Mônica.

— Me deu um desespero, um troço esquisito — ela se desculpou.

— Como é seu nome?

— Vera! — respondeu a jovem, já mais calma.

— Quando a aeromoça passar por aqui, vou pedir um calmante para você, tá? Agora respire fundo e procure pensar em outra coisa.

— Obrigada!

Ao se aproximarem de Los Angeles, depois de doze horas de voo, um comunicado do comandante trouxe um certo desconforto. O habitual seria abastecerem e continuarem viagem, mas, por problemas técnicos, os passageiros com destino ao Aeroporto Internacional de Narita, no Japão, deveriam desembarcar, esperando a liberação de outra aeronave.

No aeroporto, o grupo de Mônica e a maioria dos passageiros foram encaminhados para salas nada confortáveis, tendo de esperar horas pelo novo embarque. Mônica precisou ir ao banheiro e voltou de lá muito irritada.

— Imagina, gente, que o segurança me mandou fazer xixi de porta aberta! Parece até que eu queria fugir pela janelinha do banheiro... — Mônica rebelou-se, achando a situação um absurdo.

O guia explicou que, em um dos voos, naquela semana, dois brasileiros haviam entrado clandestinamente nos Estados Unidos e a vigilância havia sido redobrada.

— E quem disse que quero comer jerimum americano, filho de Deus! Quero é me empanturrar com *sukiaki* e *shabu shabu*... — falou Renato, um dos *dekasseguis*. Nordestino, o único não descendente de japoneses do grupo, fez um bico exagerado.

— Renato, por favor! — sua esposa, uma nissei de Moji das Cruzes, chamou-lhe a atenção.

— Tá bem, Beatriz! Tá todo mundo ficando aperreado, só quis descontrair essa tensão toda!

— Tenham paciência! — o guia pediu silêncio, ao sentir que a insatisfação era geral.

No embarque para o Japão, horas depois, ao passar pelo detector de metais, como em São Paulo, Mônica teve de abrir a bagagem, já que o alarme soara. Mesmo

com seu inglês de colegial, conseguiu explicar ao funcionário do aeroporto o que levava na mala. Ele entendeu e não criou obstáculo à liberação de sua bagagem.

Nélson, que vinha mais atrás, percebeu o desconforto de Mônica ao passar pela revista. Ao se aproximar, ela já havia fechado a mochila.

— O que houve, Mônica? — perguntou ele, preocupado. E, para desanuviar a tensão, brincou: — Que segredo você guarda nesta mochila?

— Nada, não! Coisas muito pessoais... — ela respondeu, ríspida e enigmaticamente.

Quando percebeu que fora indelicada, sorriu para Nélson:

— É que, como sou previdente, trouxe facas e garfos... e o detector de metais apitou.

— Ah, lógico! — Nélson manteve a discrição, mas ficou intrigado. Para que trazer garfos e facas se no Japão se come com *hashi*, com pauzinhos? O que será que ela trazia na mochila?

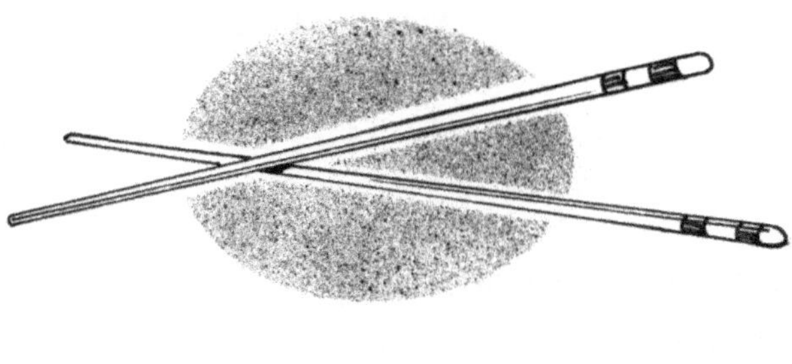

3 *Que missão é essa?*

Assim que retomaram a viagem, mudando de avião, agora com tripulação japonesa, Nélson tratou de reatar a conversa com Mônica, ainda sem jeito pelo incidente da mochila.

— Como vai o seu *corônia-gô*? — gracejou ele.

— O que os *dekasseguis* falam mesmo é o japonês aportuguesado, conhecido como *corônia-gô*, né? — e Mônica carregou no "né", satirizando a pronúncia japonesa, voltando a se descontrair. — Taeko, minha amiga que está no Japão, é que usa muito essa expressão. Mas, fale-me de você, Nélson! Você é nissei ou sansei?

— Eu sou sansei, neto de imigrantes, mas desde pequeno que eu me viro bem com os *kanjis*... — Nélson se referia à escrita japonesa, muito difícil até mesmo para os nisseis, filhos de japoneses. — Lá em casa meus pais sempre cultuaram as origens japonesas. E há um ano que venho me preparando para esta viagem, pegando firme nos estudos de japonês.

— Lá em São Paulo, no bairro da Liberdade, onde moro, também se cultuam muito as origens. Em casa nem tanto, porque meu pai é japonês, mas minha mãe é descendente de italianos, e nós não estamos muito aí com as coisas japonesas.

Durante boa parte do trajeto até Narita, os dois jovens conversaram animadamente. Nélson falou de sua vida em Londrina, dos sonhos de seu avô ao chegar ao

Brasil, da vida dura que o avô enfrentou no norte do Paraná, das dificuldades da família. Agora, era ele quem partia para o Japão, realizando a mesma trajetória do avô, só que ao contrário, uma trajetória às avessas.

— Eu estou indo para ficar dois, três anos. Primeiro porque no Brasil financeiramente as coisas estão ruins. Lá no Japão a gente recebe em ien, que é um dinheiro muito mais estável que o nosso. Tá certo que temos que fazer o serviço sujo, difícil e perigoso que os japoneses não querem fazer, mas compensa! E o seu avô, fale-me dele! — Nélson a incentivou.

— Sabe que meu avô foi *kamikaze* na guerra? — Mônica não se fez de rogada.

— *Kamikaze*? Aqueles pilotos suicidas que explodiam junto com o avião cheio de bombas? — Nélson espantou-se.

— Isso mesmo...

— Mas como ele não morreu, se era *kamikaze*?

— Eu também não entendia direito como meu avô se salvou. Quando eu era pequena, meu pai, entusiasmado, contava a vida dele até com lances cinematográficos! Isso sempre me impressionou muito. Maiorzinha, entendi que, quando ele ia ser designado para missão, acabaram mudando de ideia e o mandaram levar alimentos e medicamentos para Hiroshima, destruída pela bomba atômica. Lá ele conheceu minha avó.

Entusiasmada, Mônica contou que seus avós vieram para o Brasil assim que a guerra acabou. Tentaram a lavoura, mas uma doença na perna do avô os obrigou a voltar ao Japão, sem ver a lavoura formada. Anos mais tarde, nascia seu pai, no Japão, na década de 50. Ainda jovem, ele veio para Uberaba, para o Triângulo Mineiro, a mesma região onde seu querido pai estivera.

Mônica falava sem parar, entusiasmada:

— Você acredita que meu pai saiu do Japão para vir terminar o trabalho que meu avô havia começado, o de lavrar a terra? A família dele sempre trabalhou a terra, sabe? Meu pai faz tempo que deixou a lavoura, mas, de certa forma, continua no ramo. Hoje ele tem uma quitanda lá na Liberdade.

— Que coisa, não? Assumir um encargo que nem era dele!... — Nélson se mostrava interessado.

— Japonês de primeira geração, já viu, né? — Mônica fez um trejeito com a boca, uma mania que se tornara sua marca registrada.

— Eles levam isso a sério, assumir uma missão...

Nélson percebeu que aquele assunto era muito importante para Mônica e a olhou, incentivando-a a falar.

— É por aí mesmo! E fiquei contente quando ele também me deu uma... — Mônica ficou reticente.

— Uma missão também?... — Nélson tantava fazer com que Mônica fosse até o fim na confissão de seus segredos.

Ela ia dizer que ela agora também tinha uma missão, mas calou-se. Era um segredo muito pessoal. Não se sentiu à vontade para contar a Nélson.

— Embora nunca tenha visto seu avô, você gosta muito dele, não? — Nélson respeitou o mutismo de Mônica, que apenas confirmou com a cabeça. Ela, tão falante há pouco, deveria ter seus motivos para se calar. Nélson só ficou com uma certeza: o segredo de Mônica tinha a ver com o que ela guardava em sua mochila e acionara o detector de metais. Um mistério a desvendar, sem dúvida.

4 *Agressão em Shinjuku*

Mônica e Nélson, cansados de tantas horas de voo, dormiam profundamente, se é que se pode dormir profundamente em uma poltrona de avião! Quando a aeromoça avisou, em japonês, que estavam a poucos minutos do Aeroporto Internacional de Narita, onde os termômetros marcavam nove graus positivos, Nélson sacudiu a companheira da poltrona ao lado.

— Acorde, Mônica! Estamos chegando... E trate de se agasalhar, que o frio lá fora tá de rachar...

Depois de trinta horas de voo, ali estava Mônica e seus futuros colegas, com as mesmas esperanças que, muitos anos antes, seus antepassados também traziam na bagagem ao desembarcarem no porto de Santos.

Um incidente desagradável veio aumentar o desconforto provocado pela tensão dos primeiros instantes em terra estranha. Um grupo de três jovens foi barrado pela polícia japonesa. Estavam apenas com as passagens de ida, sem visto de entrada.

Quando foram levados para uma sala pela polícia japonesa, o guia do grupo de Mônica até estranhou que houvessem embarcado em São Paulo sem o visto.

— Nas primeiras levas de *dekasseguis*, acontecia muito esse tipo de problema. Muitos deles achavam que bastava ser descendente, comprar a passagem e entrar no avião. Hoje isso quase não acontece. Geralmente, os próprios funcionários da companhia aérea já resolvem isso lá em São Paulo. Dessa vez, marcaram bobeira.

Em seguida, assim que os vinte *dekasseguis* do grupo de Mônica foram liberados, o guia reuniu todo o mundo próximo à esteira das bagagens. Iriam primeiro a Shinjuku, bairro de Tóquio, onde ele deveria entregar alguns documentos importantes. Depois, seguiriam para Konosu, ponto final da viagem.

Já no trem, embora ainda não tivessem intimidade, as pessoas do grupo conversavam animadamente, espantadas com o mundo que se descortinava diante de seus olhos.

Mônica estava absorta, olhando pela janela o recorte da paisagem japonesa, onde se viam pequenos trechos de terrenos cultivados, intercalados com as edificações tipicamente japonesas, com seus telhados pintados de azul forte ou vermelho vivo. Vera, uma jovem até bastante alta para os padrões japoneses, comentava com alguém a respeito dos bancos do trem serem de veludo, e não terem um rasgadinho, um arranhão sequer.

Já Renato, em uma das estações, quase foi arrastado para fora do trem, tal a quantidade de passageiros.

— Beatriz — ele se dirigiu à esposa —, se eu não dou umas cotoveladas em dois ou três japas, eu dançava! Nunca vi tanto japonês reunido num lugar só!

— Você já imaginou pegar toda a população do Brasil e enfiar num estado menor que o seu Ceará? — Beatriz perguntou.

— Vige Maria! Ia ter cabra da peste um em cima do outro! Cruz-credo!

— É o que acontece aqui! — explicou Beatriz.

— Só que vocês não vão enfiar a japonesada no meu Ceará, não!

Todos riam, achando graça do jeito espontâneo de Renato falar.

— O que eu não gostei foi daquele guarda de luvas

brancas. O trem já lotado e ele empurrando, empurrando a gente pra dentro... — Vera imitou o funcionário do metrô, e todos concordaram.

O guia chamou a atenção do grupo.

— Pessoal, falem baixo. Aqui no Japão pega mal qualquer manifestação de... de...

— De bai-xa-ria, né? — Mônica completou, também participando da conversa.

Realmente, muitos olhares de reprovação eram dirigidos ao grupo. E olhar de reprovação não precisa de tradução. É universal.

Na estação de Shinjuku, ao verem a avalanche de pessoas indo e vindo, apressadas para tomar o metrô, todos se espantaram.

— Quero todos juntos, para não se perderem, por favor! É bom lembrar que por dia passam por aqui quase quatro milhões de pessoas... — o guia chamou a atenção de dois jovens que, sem perceber, iam se afastando do grupo.

— Nem no metrô de São Paulo, na hora de pico, eu vi tanta gente assim! — exclamou Mônica.

Em um dos imensos corredores do metrô, viram centenas de desabrigados vivendo em precários abrigos de papelão, e ficaram chocados.

— Beatriz, bichinha, estamos no Japão ou numa favela de São Paulo? — Renato se espantava com a visão dos desabrigados. — Tua mãe me jurou que aqui não tinha pobres na rua!

— Na rua não! Tem dentro do metrô! — alguém ironizou.

O pior é que, quando estavam passando por eles, surgiu de repente um grupo armado de paus e cassetetes, avançando ferozmente em direção aos desabrigados. Aos gritos de "vagabundos, malandros, parasitas, antipatriotas", o grupo hostil distribuía bordoada para todo lado. Foi um corre-corre desesperado.

Na confusão, Mônica acabou ficando entre os desabrigados e os agressores. Uma paulada, desferida por um dos componentes do grupo, pegou de raspão em seu rosto. Ela, desequilibrando-se, caiu sentada.

Ele tentou arrancar a mochila de suas mãos, mas ela reagiu como uma leoa, desferindo um pontapé em seus órgãos genitais. Ela jamais se separaria de sua mochila. Nélson completou a defesa de Mônica, dando um soco no agressor, derrubando-o. Agarrando a mão de Mônica, gritou alto:

— Venha, Mônica, corra!

Mais à frente, se juntaram a Renato, que protegia a esposa e Vera. Correram atrás do guia, que já se afastava com o resto do grupo, numa desabalada corrida.

— Eu nunca vi isso aqui no Japão! Todas as manifestações sempre são pacíficas, nunca violentas desse jeito! — o guia demonstrou surpresa pelo vandalismo do ataque, assim que todos estavam a salvo.

— Renato, você está bem? — Beatriz perguntou ao marido, vendo-o esbaforido.

— Estou ótimo, bichinha! Depois dessa recepção tão quente, me sinto muito bem recebido! — retomando o fôlego, Renato ironizou. Como todos, estava lívido, branco como cera.

— Você está bem? — Nélson olhou o rosto um pouco inchado de Mônica.

— Estou. O pior foi o susto. Fique tranquilo!

5 *Que medalhinha interessante!*

Chegando à cidade de Konosu, na província de Saitama, assim que desceu do furgão que os levou da estação ao alojamento da empreiteira, Mônica avistou Taeko, sua amiga de infância.

— Tatá! Que saudades, menina! — Mônica correu e abriu os braços, envolvendo a amiga em um abraço saudoso.

— Momô, nem acredito que você está aqui comigo... Que bom! Que bom! Que bom! Mas seu rosto... o que houve?

— Nada não, Tatá! São as boas-vindas japonesas! — Mônica procurou não preocupar a amiga, desconsiderando rapidamente o incidente em Shinjuku. Mudando de assunto, fez questão de apresentar o pessoal que veio com ela no mesmo furgão.

— Pessoal, essa aqui é a Taeko, a minha melhor amiga.

— Oi, Taeko! Eu sou a Vera. Muito prazer! — a jovem mais alta do grupo apresentou-se, tímida, encabulada.

— Eu sou o Nélson, de Londrina, Paraná — ele estendeu a mão.

— Eu sou a Beatriz. Estou morrendo de frio e de vontade de tomar um bom banho e cair na cama. Esse é meu marido, Renato.

— E aí, tudo bem, filha de Deus! — Renato beijou Taeko no rosto.

— Você é de que estado? — Taeko simpatizou com o jovem e percebeu que o sotaque de Renato denunciava sua origem nordestina.

— Eu sou um cabra arretado do Ceará, às suas ordens! — Renato exagerou mais ainda seu sotaque.

— Nunca teve um cearense por aqui, que eu saiba! — brincou Taeko.

— Como diz o Mastruz com Leite, um conjunto lá da minha terra, em todo canto do mundo tem cearense. Pois acabei de chegar para instalar uma filial do Ceará por estas bandas... — ele gracejou.

O guia, que veio junto com eles no mesmo furgão, perguntou como estava o alojamento de Taeko.

— Tem três vagas, as peruanas que estavam lá foram expatriadas.

— Bom, então vocês três vão com ela — o guia apontou para Mônica, Beatriz e Vera.

— Um momento! Ela é minha mulher, num sabe! — Renato apontou Beatriz, reclamando que deveriam ficar juntos.

— É só por uns dias, até acertarmos as coisas. O alojamento dos casados ainda não está pronto. E, como só vocês dois são casados, é preciso aguentar um pouco.

— Não foi esse o trato lá na empreiteira, no Brasil, não senhor! Prometeram que ia ter alojamento separado para quem fosse casado... — Renato sentiu-se lesado e tinha toda a razão em reclamar.

— Acabei de explicar, mocinho, que há alojamento — o guia se irritou. — Só que está em reformas! — Não querendo dar início a um incidente desagradável, ele abrandou a voz: — Essa situação é passageira. Tenha um pouco de calma e tudo se resolve...

Renato ainda resmungou, mas tinha de se conformar. Taeko, percebendo que o clima tenso já desanuviava, adiantou-se:

— Vamos, meninas!

Beatriz, a contragosto, despediu-se do marido com um beijo e acompanhou as jovens.

— Guenta as pontas, cara! Isso logo se ajeita. — Nélson puxou Renato pelo braço, já quase conformado, em direção ao alojamento masculino, junto com os outros *dekasseguis*.

— Beatriz! Primeira lição de Japão: nem tudo o que as empreiteiras prometem no Brasil acaba sendo cumprido aqui. Mas, tenha calma! Não se desespere por isso! — A veterana Taeko, alcançando Beatriz, que, inconformada, já ia mais à frente, bateu em seu ombro, solidária.

Mônica vinha mais atrás. Taeko esperou-a, prontificando-se a ajudá-la.

— Momô, deixa que eu levo a sua bagagem...

— Não, não... Pode deixar... — Mônica encabulou-se ao recusar a ajuda da amiga. — Você disse que expatriaram alguém!...

— Eram três amigas peruanas. Entraram com o visto

de turista. O visto se esgotou e elas foram ficando, passando a ser clandestinas. A Imigração descobriu e, não tiveram dúvida, mandaram-nas embora.

— No aeroporto também aconteceu com uns jovens que vieram no nosso avião. Eles não tinham visto de entrada - lembrou Mônica.

— Muita gente se aventura, desconhecendo as leis. Só encontram problemas pela frente — Taeko comentou.

No alojamento, a veterana parou na porta para tirar as pesadas botas, próprias para o rigoroso inverno japonês, enquanto Beatriz, Mônica e Vera, sem a menor cerimônia, entraram calçadas mesmo. Taeko chamou as três, que, sem entenderem, continuavam paradas no meio do alojamento.

— As botas, marinheiras de primeira viagem! Tirem e deixem aqui fora. Primeira lição de Japão para vocês. Para Beatriz já é a segunda. Entrar de sapatos em uma casa japonesa é o maior erro que vocês podem cometer...

— Disfarcem, colegas! Faz de conta que ainda não entramos — Mônica, depois de uma sonora gargalhada, olhou para Vera e Beatriz, que, mesmo chateada, sorriu ao vê-la andar de costas, muito engraçada.

— Façam silêncio, que já tem gente dormindo nos quartos ao lado!

Vera teve vontade de ir ao banheiro, mas quando viu a privada de estilo japonês, cravada no chão, desistiu.

— Eu não vou urinar em fossa! Jamais consigo urinar agachada assim.

— Isso não é fossa! E acho bom você se acostumar, queridinha, porque as privadas por aqui são assim mesmo! — Taeko se irritou momentaneamente com o comentário de Vera.

— E nem tem chuveiro? — era a vez de Mônica se surpreender.

— Segunda lição de Japão, Momô! Banheiro aqui só no *sentô* da esquina.

— *Sentô* da esquina? — Beatriz, Mônica e Vera perguntaram ao mesmo tempo.

— *Sentô* em japonês quer dizer banheiro público coletivo, suas novatas!

— Coletivo? — Mônica teve que abafar um grito que certamente poderia acordar as jovens do quarto contíguo.

— Calma, sua boba! — Taeko arrependeu-se de ter brincado com a amiga, pedindo silêncio. — Antigamente era. Agora homens e mulheres têm banheiros separados.

— E as camas, onde a gente dorme? — Mônica perguntou, olhando em volta.

Antes que Taeko dissesse qualquer coisa, ela mesma completou: — Já sei! Terceira lição de Japão: não há camas. Agora estou lembrada que em uma das cartas você falou isso, mas não tinha entendido bem...

— Eu escrevi sobre isso mesmo, Momô! Eles chamam de *futon*. É um acolchoado que faz as vezes de colchão e de edredon. — Taeko explicou. — Vão se acostumando com o choque cultural. Ainda tem muito mais!

— Choque cultural? Isso é uma trombada, isso sim! — Mônica, assim como Vera e Beatriz, se espantou.

— Dê-me sua mala e sua mochila, Momô! Deixe-me acomodá-las no seu armário — Mônica não teve como recusar. Com receio, passou sua bagagem a Taeko.

Já no *sentô*, Mônica se sentia desconfortável por ficar nua diante de Taeko, quanto mais de Beatriz e Vera. Taeko era amiga de há muito tempo, mas nunca haviam se visto nuas.

— Relaxe, Momô! Repare que nenhuma das mulheres que estão aqui tem vergonha de mostrar o corpo. Para os japoneses, tomar banho juntos é normal. Venham, vocês podem se ensaboar, sentadas naqueles banquinhos. Depois, pegam estas canequinhas e se enxáguam. Só aí devem entrar ali, no *furô*, aquela banheira onde todas estão entrando.

— Momô, que medalhinha interessante! Quem lhe deu? — Taeko reparou, enquanto Mônica desarrumava sua trança e prendia os cabelos num coque ao preparar-se para o banho, no arranjo estilizado que a amiga trazia ao pescoço, em que se viam duas moedas soldadas de cem iens, de ouro, com a efígie da flor da cerejeira no verso.

— Meu pai me deu no aeroporto... Acho que era do pai dele, não sei... — Mônica pensou em mentir, dizendo que possuía a medalhinha há muito tempo, para evitar mais curiosidades, mas a pergunta da amiga deixava claro que ela não engoliria a mentira.

Já no *furô*, a imensa banheira, Mônica ainda estava inquieta. A água quentinha era um convite para o relaxamento. Aos poucos, foi se entregando ao calor da água, sentindo um prazer gostoso por estar ali, depois de tantas horas de viagem.

6 **Gambatê, kudasai!**

No dia seguinte, depois de um sono reparador, todos foram encaminhados para uma espécie de barracão, que servia de refeitório.

O assunto era um só: as gafes cometidas no dia anterior.

— E eu lá ia saber que não se ensaboa no *furô*, naquela banheirona, ó xente! — Renato, apesar de ter dormido separado de Beatriz, não perdera o bom humor, teatralizando para Nélson suas primeiras experiências nipônicas. Todos riam gostosamente do jeito dele.

— Quando comecei a fazer espuma, um japonês muito do amostrado, como a gente chama quem é muito exibido lá na minha terra, me encarou feio, e destampou a me xingar... — Renato imitava o japonês, o pessoal à volta rindo muito.

— Só entendi uma coisa que ele falava: *gaijin! gaijin!* Acho que é a tradução de cearense ou pau de arara, não sei... Ele quase me expulsou da banheira daquele jeito, peladão mesmo... — Renato exagerava, pois sabia que *gaijin* queria dizer estrangeiro e não cearense ou pau de arara.

— Renato, dormiu bem, amor? — Beatriz, que acabava de entrar no refeitório, beijou-o, toda saudosa.

— Dormi nada, bichinha! Virei pro lado tateando o *tatami*, querendo te achar... — Renato apalpava o ar, de olhos fechados, ridicularizando a cena. — Fui dar de cara com este homão aqui! — Renato apontou Nélson, que mal se recuperara do acesso de riso provocado pelo nordestino.

— Isso ainda vai dar casamento! — Mônica intrometeu-se, sabendo que Renato entenderia a brincadeira.

— Gente, presta atenção, os homens chegaram! — alguém avisou os demais, observando que o guia entrava no refeitório, acompanhado de dois japoneses.

— Bom dia, pessoal! A viagem termina aqui para mim e para vocês — o guia cumprimentou, sorrindo. — Estes dois senhores são os encarregados japoneses da empreiteira. Qualquer problema nas fábricas onde vocês irão trabalhar, é a eles que vocês devem recorrer.

— E o intérprete que a empreiteira, em São Paulo, prometeu? — Vera cobrou, ríspida. O guia desconversou, dizendo que logo estariam falando japonês tão bem que cantariam até o *Kimigaiô*, o hino nacional japonês, de cor e salteado.

Quando o guia perguntou se alguém tinha mais alguma dúvida, todos olharam para Renato, que pedia a palavra.

— E a minha situação de casado, como fica, filho de Deus? — disse ele, sério.

Assim que o guia traduziu para os encarregados da empreiteira a situação de Renato e Beatriz, a resposta veio em forma de muitos sorrisos de desculpas e meneios de cabeça, promessas de resolver a situação assim que possível.

Naquele dia, os *dekasseguis* passaram por exames médicos. No dia seguinte começaram a trabalhar pra valer.

Mônica foi designada para a linha de montagem de uma fábrica especializada em acessórios para as potentes motos japonesas, onde Taeko trabalhava. Seu serviço parecia fácil: levantar carenagem de motos, colocando-as numa espécie de gancho para a posterior pintura. Vera e Beatriz foram encaminhadas para uma fábrica de bancos de carros. Renato e Nélson para uma fábrica de plásticos, que confeccionava para-choques e painéis que iriam compor os cobiçados carros japoneses no mercado mundial.

Assim que Mônica se posicionou diante da esteira designada para ela, uma das *dekasseguis* veteranas do alojamento ao lado do seu curvou-se, desejando:

— *Gambatê, kudasai!*

— O que é isso? — ela fez o habitual trejeito com a boca, fazendo a colega sorrir.

— A gente traduz por "boa sorte!", mas o que os japoneses querem dizer mesmo é "esforce-se, por favor!"

No almoço, Vera se atrasou. Mônica, Beatriz e Taeko, na fila do refeitório, ainda se preocuparam com ela, mas como não chegava, cada uma tratou de pegar seu *bentô*, uma espécie de marmitex japonês, aguardando um lugar para se sentarem. Comentavam sobre as primeiras impressões do trabalho. Mônica era a que mais reclamava.

— O serviço que me deram não é mole não! No começo, gente, parecia até brincadeira. Pensei comigo: vir ao Japão para fazer só isso! Vai ser moleza ganhar essa grana toda que vão pagar pra gente... Mas depois de umas duas horas levantando carenagem... Ufa!

Quando alguns *dekasseguis* se levantaram, as três se encaminharam aos lugares vagos. Na mesa, havia dois jovens. Taeko, que os conhecia, apresentou-os.

— Este é o Toshio!

O jovem levantou-se imediatamente, curvando-se no melhor estilo do *odjighi,* o cumprimento japonês. Ao dirigir-se a elas, fez questão de usar o idioma nipônico. As meninas acharam que ele fazia tipo. Mônica precisou segurar uma gargalhada que já ia explodindo no ar. Beatriz foi mais discreta. Imediatamente, no entanto, perceberam que ele levava a sério os costumes japoneses, até mesmo no relacionamento com os brasileiros.

— Oi, meninas! — o outro jovem, irônico, se deliciava com a fisionomia bestificada das jovens. — O Toshio está dizendo que ele é de Belo Horizonte e que vocês são bem-vindas. Faz questão de dar os parabéns a vocês, pois vieram se unir aos japoneses, na reconstrução do grande Japão, o único país do mundo que não foi invadido em época nenhuma.

Diante do espanto das meninas, Mário levantou-se, beijando-as na face.

— Eu me chamo Mário. Sou de Bastos, no interior paulista.

— Vocês se importam se a gente se sentar aqui? — Taeko solicitou.

— Claro que não! Podem se sentar! — Mário convidou.

— Fiquem à vontade! Já estou de saída! — Toshio, falando sempre em japonês, levantou-se.

— O que deu nele, Mário? Ele não era assim quando chegou aqui! — Taeko quis saber, assim que o jovem se afastou.

— Não era, mas está ficando estranho mesmo! Lá na fábrica a gente já anda meio preocupado. Se não me engano, ele tem participado de um grupo, ou entidade, não sei, onde andam enfiando minhoca na cabeça dele.

Conversando, Mônica e Beatriz ficaram sabendo que Nélson e Renato trabalhavam com Mário e Toshio, na mesma fábrica de plásticos.

Quando Vera chegou, as meninas a chamaram, mas ela agradeceu, fazendo questão de sentar-se separada.

Beatriz, então, comentou com Mário sobre a recepção dos veteranos. Achara estranho a maneira fria como os brasileiros a receberam na fábrica.

— Isso é normal. No começo eu também senti isso. Quando cheguei aqui, o meu chefe, um carioca, um dos *dekasseguis* pioneiros, que com o tempo se tornou o chefe da turma de brasileiros, não ia muito com a minha cara, por causa da velha rixa entre cariocas e paulistas. Hoje a gente já se entrosa melhor.

— Eu não tô nem aí com recepção boa ou má, Beatriz. O importante é nos preocuparmos com o que viemos fazer aqui: ganhar dinheiro! — Mônica emendou, espontânea. — O que eu quero é, como dizem os japoneses, muita *zangyo*, muita hora extra. Nem que for para limpar cocô, o que importa é o dinheiro...

— Olha o nível da conversa, Sakurako! — Taeko, já que tinha liberdade com ela, advertiu-a, chamando-a por seu nome japonês.

— Tatá, você sabe que eu detesto quando me chamam por meu nome japonês!

— Tudo bem, Mônica, mas então não seja deselegante. E olha aí, acabou não comendo nada! — Taeko apontou o *bentô* da amiga, quase intacto.

— Tá um nojo esta gororoba. Detesto esse tempero adocicado que eles botam na comida, essas algas marinhas... Peixe, então, nem posso ver...

— Será que você morava mesmo na Liberdade?... — Beatriz sabia que cutucava Mônica com vara curta, lembrando que na Liberdade estava a maior colônia japonesa da América Latina.

— Nem parece, né? — Mônica não se ofendeu. — Em casa era uma guerra quando meu pai pedia para minha mãe fazer comida japonesa...

Mário, que já havia terminado, antes de se levantar, olhou para Mônica e foi direto:

— Você tem tudo para ser uma menina simpática, mas se continuar assim só vai se dar mal... — ele falava calmo, mas firme, demonstrando segurança. — Essa comida não é nem um nojo nem uma gororoba, tá? Daqui a alguns dias, você vai até pedir mais...

Levantando-se, olhando para Mônica bem dentro de seus olhos, finalizou:

— *Gambatê*, menina!

Assim que ele saiu, Taeko fulminou Mônica, que ficara enrubescida, com um olhar.

— Que sujeito mais atrevido! — defendia-se Mônica.

— Que sujeito mais positivo, isso sim! — Beatriz não veio em seu socorro, concordando com Taeko. — Ele deu a maior lição em você e em mim. O negócio é parar de reclamar, Mônica. Eu não estou nem dormindo com o meu marido e também terei de aguentar firme!

— Tá um nojo esta gororoba. Detesto esse tempero adocicado que eles botam na comida, essas algas marinhas ... — disse Mônica.

7 Um ano-novo saudoso

Dias antes do Natal, Vera entrou no alojamento com dor de cabeça. Taeko foi prestativa, embora não se desse muito bem com a colega de quarto, sempre muito geniosa.

— Vera, deixe-me ver se a Mônica tem uma aspirina. Desde pequena, eu sei, ela é prevenida, sempre tem uma farmacinha à mão... Logo que chegou aqui, já foi à farmácia comprar algumas coisas...

Tomando a liberdade de remexer as coisas da amiga, Taeko encontrou a farmacinha particular de Mônica, em uma de suas valises. Ao recolocar tudo no lugar, percebeu que na mochila havia um objeto duro. Abrindo-a rapidamente constatou, de relance, que era um objeto de forma estranha. Só não conseguiu analisá-lo melhor porque estava embrulhado na *hi no maru*, a bola de fogo do sol, como os japoneses chamam sua bandeira, e não teve tempo de desembrulhá-lo por completo.

— Taeko, achou? — aproximando-se, Vera interrompeu a investigação da colega.

— Achei! Está aqui a aspirina, tome!... — Taeko fechou rapidamente os pertences de Mônica, oferecendo o comprimido à colega.

Enquanto Vera tomava o comprimido, Taeko tomava uma resolução. Esperaria Mônica chegar do *sentô* e perguntaria sobre o estranho objeto. Mas, o que diria quando ela chegasse? Afinal, era uma coisa que pertencia à amiga, não a ela. E, depois, Mônica poderia ficar magoada por ela ter mexido em suas coisas. Assim que Mônica chegou, Taeko ficou sem jeito de entrar no assunto.

Dias depois, na véspera do Natal, pela manhã, Taeko encontrou Mônica numa cabine telefônica perto da fábrica.

— Mãe! — emocionada, ela quase gritava. — É a Mônica! Acabei de receber meu primeiro pagamento, mãe! Tô superfeliz!... — Mônica estava radiante. Em seguida, contou as novidades, mas quis ouvir também como estavam seu pai e irmãos. No fim do telefonema, Mônica ralhou com a mãe: — Não começa a chorar não, mãe, que você prometeu, no último telefonema, que ia aguentar firme! Eu também tô fazendo das tripas coração, mãe!... Cadê o pai? Tá na quitanda? Mas, mãe, aqui são nove da manhã do dia 24. Aí são nove da noite do dia 23. O que ele tá fazendo na quitanda até essa hora?... Lógico que eu lembro que nas festas natalinas sempre aumenta o serviço, mãe! Tá bom, então!... Já entendi que ele tá lá trabalhando. Dá um beijo nele por mim...

Taeko pensou em abordá-la sobre o objeto, mas a alegria da amiga a deixou sem ação.

— Tatá, que coisa emocionante! Acabei de sair da fábrica, recebi meu ordenado. É meu primeiro pagamento na vida! — ela estava mesmo eufórica. — Tá certo que é um absurdo a gente receber menos que os meninos para fazer o mesmo serviço, mas é o meu primeiro pagamento... — ela não parava de repetir.

À tarde, Taeko encontrou-se com Mônica no alojamento. Aproveitaria o alto-astral do primeiro pagamento e abordaria a amiga sobre o que trazia em sua mochila. No entanto, ela estava muito diferente. Pela manhã, alegre; agora, era evidente que havia chorado muito.

— O que houve, Momô? — Taeko a abraçou com carinho, ficando sem graça de entrar no assunto. — Ainda hoje você estava tão contente!...

— Saudades, Tatá! Muitas saudades! Eu telefonei para casa, para falar do meu primeiro pagamento, desejar Feliz Natal a todos, mas telefonema é o mesmo que chupar bala com papel, entende? Eu queria estar lá, abraçando minha mãe, meu pai, meus irmãos. Queria andar pela avenida Liberdade toda enfeitada... curtir o Brasil, o meu pedaço!

— Ah, não! Eu já te falei que a estratégia que adotei, quando cheguei aqui, foi a de ser como se fosse um desses robôs japoneses. Temos que agir fria e neutramente. É preciso sufocar os sentimentos, Momô!... Vamos, não chore!

Na passagem do ano, Mônica ainda estava tristonha, macambúzia pelos cantos. Taeko foi encontrá-la amuada.

— Nada disso, menina! — ela foi firme com Mônica. — Hoje é dia de Ano-Novo. Se no Natal não deu para a gente comemorar, porque a japonesada não está nem aí com a cristandade, hoje nós vamos nos esbaldar. Afinal, é dia de Ano-Novo. Apronte-se para irmos ao *karaokê* com a turma! Beatriz já está nos esperando e a Vera já se mandou para lá...

Mônica se arrumou, sem muita vontade.

Quando as duas chegaram ao *karaokê*, o ambiente prometia. O som era bem brasileiro, convidativo a matar saudades. Samba e pagode tocavam sem parar. Todos estavam alegres, felizes.

Perto da meia-noite, Renato sugeriu que fizessem uma roda. Pegando a mão de Beatriz, sua esposa, chamou Mário, Nélson e Vera. Mônica e Taeko se uniram, juntamente com outros *dekasseguis*. Quando faltavam poucos minutos para a passagem do ano, a roda já era bem grande, todos se emocionavam. Para Mônica e os colegas de sua turma, era a primeira vez que romperiam o ano em terra estranha.

Quando faltavam poucos segundos para a meia--noite, Renato comandou a contagem regressiva:

— Dez, nove, oito, sete, seis, cinco, quatro, três dois, um! Feliz Ano-Novo!...

Todos explodiram em vivas, Feliz Ano-Novo, *gambatê* pra todos nós, *zangyo*, muita hora extra pra todo o mundo, e dinheiro, muito dinheiro no bolso, saúde pra dar e vender!

Abraços foram trocados. Beijos, sorrisos e lágrimas foram os ingredientes que rechearam as saudades de todos. Mário abraçou Mônica e pediu-lhe desculpas por ter sido tão duro quando da sua chegada.

— Eu é que peço desculpas, Mário! Fui mesmo muito grossa contigo. Feliz Ano-Novo! Que seus sonhos se realizem...

— Que bom se os meus e os seus sonhos se encontrarem nesse ano... — Mário olhou-a com carinho.

— O que você disse? — Mônica não conseguiu escutar o que ele dizia, devido ao alarido geral.

— Nada! Apenas te desejei também Feliz Ano-Novo! — Mário se retraiu.

Renato, querendo pregar uma peça em Nélson, motivou-o a fazer um brinde com uma japonesinha vinda da ilha de Hokaido, ao norte do Japão, que também estava por ali.

— Encha o seu copo, Nélson, e faça um tim-tim com a japonesinha. Ela, apesar de japonesa, é *dekassegui* como nós!

— Nada disso, Nélson! Tim-tim aqui significa pênis! — Mário, sorrindo, impediu Nélson de passar vergonha.

Renato, logo depois, chamou Mário e Nélson do lado e fez confidências.

— Moçada, é o seguinte. Eu estou indo embora com a Beatriz lá para o nosso alojamento. Procurem chegar o mais tarde possível. Estou precisando ficar a sós com ela, num sabem? Afinal, ela é minha mulher!

— Entendemos, Renato! Vou dar um toque também aos dois mato-grossenses que dormem lá com a gente para te deixarem em paz.

— Eu já falei com eles. Entenderam imediatamente.

— Boa sorte, amigão! — Mário se despediu de Renato, sorrindo maliciosamente.

No dia seguinte, os japoneses, realizando um costume milenar, acordaram cedo, vestiram seus quimonos e, em clima de oração, partiram em direção aos templos budistas e shintoístas, para pedir bênçãos aos deuses. Os brasileiros não puderam comparecer. Estavam sob as bênçãos e nos braços da deusa ressaca.

8 Onde estará Mônica?

A festa da passagem do ano ainda estava presente na mente de todos, quando, numa manhã, logo nos primeiros dias de janeiro, Taeko levantou-se e, trôpega de sono, dirigiu-se à pequena pia para fazer sua higiene matinal. Como sempre acordava Mônica, chamou a amiga, enquanto lavava o rosto. Nenhuma resposta.

— Sakurako! Acorda, menina! — Taeko continuou sua higiene matinal, mas estranhou o silêncio de Mônica. Não era possível! Nem a chamando pelo nome que ela tanto detestava! Nem isso a incomodava?

Aproximando-se do *futon* de Mônica, notou, surpresa, que a amiga não estava ali.

— Vera, acorda! Você viu a Mônica sair? — ela cutucou a colega.

— Não me amole! Trabalhei a madrugada toda, que coisa! Agora que eu consegui dormir, você me acorda! Não vi ninguém, não! Saco! — Vera se irritou, xingou Taeko e revirou-se para o outro lado.

— Que estranho! — Taeko pensava em voz alta, pouco se importando com a irritação de Vera. — Ela não está aqui e nem guardou o *futon* no armário. Por que será que ela já foi tão cedo pro refeitório? Nós vamos sempre juntas!

No refeitório, ninguém tinha visto Mônica. Na fábrica, muito menos. Onde será que ela se enfiou? Durante toda a manhã, Taeko ficou remoendo essa pergunta, sem encontrar uma resposta possível. Na hora do almoço, nem fez a refeição. Foi correndo ao alojamento.

Todos os pertences de Mônica estavam no lugar, faltava apenas a mochila. Havia desaparecido, como a amiga.

— Mas por que ela teria sumido, levando só a mochila? — O dia todo, Taeko ficou quieta, calada, extremamente preocupada. À noitinha, caía um pouco de neve. Na saída da fábrica, Taeko não aguentava mais a angústia. Precisava tomar uma atitude. E a tábua de salvação se materializou nas pessoas de Mário e Nélson, que iam passando.

— Meninos, eu preciso falar com vocês. Estão com pressa?

— Não, Taeko, a gente só estava conversando sobre o Toshio, que é meio radical demais sobre as coisas japonesas... O que houve? Você parece apavorada!

— A Mônica sumiu... — Taeko foi direto ao assunto, assim que se abrigaram da neve em uma marquise. Com dificuldade, contou rapidamente sobre o sumiço da amiga.

— Como sumiu?... — Mário tentava acalmá-la, mas Taeko o interrompeu.

— Sumiu sumindo... — Taeko estava transtornada.

— Calma, Taeko! — Nélson ajudava Mário a acalmá-la.

— Eu preciso contar uma coisa que começou a martelar na minha cabeça agora à tarde... Ela sumiu e levou a mochila.

— E o que tem a mochila a ver com o sumiço dela? — Mário não entendia.

— Mário, ela traz um objeto estranho na mochila. Acho que... eu não sei direito, mas acho que...

— Que é que você acha, Taeko? Desembucha! — Mário exigia, diante da indecisão da jovem.

— Acho que é uma foice!... — Taeko disse, quase gritando.

— Foice? — os dois perguntaram ao mesmo tempo, surpresos. Nélson levou a mão à garganta, como se quisesse afastar a foice de seu pescoço.

— Você está querendo dizer que... — Mário não conseguia completar a frase.

— Não estou querendo dizer nada... Tenho notado que ela anda muito tristonha, com saudades de casa, não está se dando bem na seção dela, por causa do serviço pesado...

— Então é por isso... Agora tem explicação ela... — Nélson começava a entender algo que fazia sentido em relação ao caso.

— Ela o quê, Nélson?

— Isso de foice pode não fazer sentido, e acho que é mais nervosismo seu, Taeko. Mas ela traz alguma coisa estranha na mochila sim... — Nélson discordava em parte de Taeko, embora soubesse que Mônica trazia algo de estranho na mochila. Rapidamente, contou aos amigos sobre a passagem de Mônica pelo detector de metais na hora do embarque em Los Angeles.

— Não estou falando, Mário? E logo ela, que nunca escondeu nada de mim! Desde pequenas somos como carne e unha, pô!

— Taeko, calma! Tem alguma coisa, alguma atitude dela que te leve a ficar preocupada assim? — Mário era o mais calmo dos três.

— Bom, ela andava meio chateada com as gozações que os veteranos fazem com ela, como fazem com qualquer novato. Outro dia um deles disse a ela que toda vez que o chefe aparecesse na seção era preciso fazer o sinal de positivo.

— A velha gozação de sempre. Aí o chefe a chamou no escritório e deve ter dado um sermão nela, dizendo que este sinal quer dizer que uma mulher tá a fim de um homem, né? — Mário conhecia a gozação. — Imagino a vergonha que ela deve ter passado!

E continuando, Taeko comentou que Mônica não se adaptava ao serviço e achava um absurdo as mulheres ganharem bem menos que os homens, se faziam, às vezes, como no caso dela, o trabalho mais pesado.

— Mas isso ela deveria saber desde o começo. Você, como amiga dela, não explicou? — Nélson estranhou.

— Explicar é uma coisa. Ela entender é outra, Nélson!... Isso sem contar o incidente lá no supermercado outro dia. Estávamos lá, eu falei alguma coisa engraçada. Ela deu uma gargalhada e o gerente veio reclamar. Por infelicidade, ela tinha aberto um iogurte e o estava degustando. O homem fez o maior discurso, dizendo que nós, brasileiros, somos todos vagabundos, bagunceiros e ladrões. Se não fosse o seu chefe, Mário, que estava lá e limpou a nossa barra, ia dar camburão e boletim de ocorrência...

— Aonde você quer chegar com tudo isso?

— Não quero pensar no pior, Mário, mas o fato de não estar se adaptando, o sumiço dela, o sumiço da... foice, tudo isso, infelizmente, só me leva a pensar em suicídio... — Taeko estava quase chorando de desespero, considerando, definitivamente, que o estranho objeto era uma foice cortante.

9 A mais difícil das viagens

Já se aproximavam do alojamento, quando viram Mônica chegando, caminhando lentamente, sem se importar com a neve que caía. Cabisbaixa, trazia, às costas, como se fosse uma colegial japonesa, sua mochila.

Os três correram ao encontro da amiga.

— Mônica, você está... viva! — Taeko estava visivelmente transtornada, mas feliz.

Mário e Nélson pediram licença a Mônica e vasculharam sua mochila. De lá de dentro, surgiu uma enxada sem cabo.

— Taeko, você se enganou redondamente. Isto é uma enxada, não uma foice!

Vendo o mal-entendido, Taeko e os meninos começaram a rir, aliviados, diante da cara de espanto de Mônica.

— Ainda bem, meu Deus do céu! Ainda bem... — Taeko abraçava Mônica, já percebendo a situação ridícula que armara sem querer.

— Vocês querem, por favor, me dizer o que está acontecendo? — Mônica irritou-se.

— Tá legal, Sakurako, agora caiu a ficha... — Taeko, nervosa, sem graça, fazia questão de chamar a amiga pelo nome japonês. — Você some, não avisa ninguém... Não teria mesmo sentido você trazer uma... uma... foice na mochila, agora eu entendo, mas...

— Já te falei que não gosto que me chame de Sakurako! E que história de foice é essa? — Mônica, séria, ainda não entendia o que estava acontecendo.

— Vamos falar como brasileiros, diretos, sem evasivas, Mônica. A Taeko achou que você ia se suicidar com essa foice... — Mário mostrava a enxada, rindo.

— Suicídio? Você achou que eu... — Mônica, vendo o jeito envergonhado de Taeko, soltou a mais sonora das gargalhadas. Todos a acompanharam.

— Desculpe, Momô! Tá legal, um a zero para você, mas... — Taeko, ainda confusa, ria encabulada e se desculpava por seu terrível engano.

— Sei o que você está pensando, Taeko. — Mário retomou o assunto assim que o mal-entendido foi esclarecido, começando a compreender a preocupação da amiga. — O caso daquela menina de Campinas, que se suicidou em novembro, não?

— É verdade, Mário, é isso mesmo! — Taeko tornou-se séria. Não queria dizer, mas acho que o caso dela é que me levou a fazer essa relação absurda. Na época, fiquei muito chocada com o que aconteceu...

— O que aconteceu? — Mônica e Nélson se interessaram.

Taeko, então, contou em poucas palavras o caso de uma dekassegui que, não suportando a pressão no trabalho, as saudades, entrou em depressão e se suicidou.

— Onde você andou? — Taeko mudou de assunto, para não constranger ainda mais a amiga.

— É um assunto muito pessoal... Uma missão que... meu pai me deu e eu vou cumprir até o fim... — ela assumiu um ar reticente.

— Tudo bem, Mônica. Não vamos insistir. Nélson, vamos embora... — Mário percebeu que ela não estava à vontade.

— Não, Mário, fiquem! Vocês são meus amigos e eu preciso mesmo desabafar. Se não contei antes era porque pensei que todos fossem achar ridículo, até você, Tatá!

Rapidamente, Mônica colocou os amigos a par de sua situação. Ao deixar o Brasil, seu pai lhe dera uma missão: encontrar seu avô e entregar-lhe a enxada que carregava na mochila.

— Foi com ela que meu avô, depois da guerra, indo para o Brasil, feriu a terra, como diz meu pai. — Mônica se emocionou. — Voltou ao Japão sem conseguir completar o que iniciara. Anos depois meu pai levou-a consigo para o Brasil, para terminar a missão de meu avô. Quando eu encontrar meu avô, devo entregar a enxada e dizer que a terra foi ferida, que o nabo e a cenoura têm gosto de saudade...

— Que coisa linda, Momô! — Taeko também se emocionou.

— Não tem nada de ridículo nisso, Mônica! — Nélson fez questão de externar o que pensara.

— Esse tipo de compromisso muitos de nós, os descendentes, já não conseguimos mais entender. — Mário falou olhando para ela, com muita ternura.

— Eu consegui uma dispensa para hoje e, logo de manhãzinha, saí à procura do endereço que meu pai me deu. — Mônica, confortada pelos amigos, prosseguiu. — Meu avô e ele não conversam há muitos anos, desde que meu pai se casou com a minha mãe. Aliás, ele só consentiu mesmo que eu viesse quando soube que você, Taeko, estava aqui em Konosu, não muito distante da aldeia onde ele achava que meu avô ainda morava — Mônica tomou fôlego e continuou.

— Como eu não falo bem o japonês ainda, acabei me atrapalhando toda, e tomei vários trens errados. Só por volta do meio-dia é que cheguei à aldeia indicada por ele. Fiquei imaginando como meu avô me receberia. Eu só o conheço pela foto que tem lá na sala de casa, ele todo garboso, com a farda do tempo da guerra.

Mônica não disse aos amigos, mas ao aproximar-se da aldeia, ainda no trem, imaginava como seria gostoso encontrá-lo, jogando-se em seus braços, matando uma saudade que trazia em seu peito desde que se entendia por gente.

Indagando por seu avô, foi recebida com frieza em duas ou três casas onde bateu. Na última, Mônica desistiu de vez.

— Uma velha me atendeu. Pensei até que fosse minha avó, mas não podia ser. Foi muito ríspida comigo. Entendi que ela me chamava de *hafu*, de mestiça... — Mônica começou a chorar.

Mário aproximou-se e a abraçou com carinho.

— Quando estava na escola, eu era chamada de japa pelas colegas. Aqui sou chamada de mestiça. Pô, não tem lugar no mundo pra mim, Mário? — o choro ficou mais sentido.

— Calma, Mônica! Você não é a única. O pior é que até entre nós existe este tipo de preconceito — Mário enxugava suas lágrimas.

— Você não viu o que escreveram no alojamento do Renato outro dia? — Taeko também a socorria, comentando a cruz suástica e a frase "Fora nordestinos!", pichada na parede externa do alojamento.

— A gente discutia justamente isso. O Renato acha que foi o Toshio, mas ele nega. — Nélson explicou.

— Eu sei que até entre nós, brasileiros, há preconceitos também, mas me doeu muito porque eu estava com a expectativa de realizar um velho sonho, entende? Quando eu já vinha embora — Mônica continuou —, um velho de óculos fundo de garrafa me interrompeu.

— Quando eu vinha embora — Mônica continuou —, um velho de óculos fundo de garrafa me interrompeu.

Olhando para a minha medalhinha, me perguntou, bem devagar para eu entender, se eu sabia quando terminava a segunda viagem.

— Segunda viagem? Que pergunta mais esquisita! — Taeko estranhou.

— Eu também achei. Mas ele, olhando a minha medalhinha, me aconselhou a dizer, toda vez que me perguntarem isso, que a segunda viagem só termina quando a cerejeira florescer e eu tiver feito a viagem de mim a mim mesma!

— Pra que isso? Você notou se ele babava de lado? — Taeko, entortando a boca, imitou a amiga, para quebrar o clima pesado, conseguindo fazer com que Mônica sorrisse.

— Não sei. Talvez seja uma senha, um código... — Mônica refletia. — E ele disse que a segunda viagem é a mais difícil e demorada das viagens.

Quando Mônica, cabisbaixa, começou a andar, se despedindo, o homem dos óculos fundo de garrafa olhou para as águas ainda não congeladas de um riacho ali perto e filosofou:

— Repara que as águas vão embora. Um dia, no entanto, retornarão à fonte. Sempre retornam.

— Eu já vinha embora — Mônica completou — quando ele disse, por fim, que se eu queria mesmo encontrar meu avô, deveria me lembrar do seguinte: o Hachiko tem o focinho de bronze também aos sábados pela manhã. Falou ainda em símbolo de devoção e fidelidade a uma causa, um negócio mais ou menos assim...

— Hachiko? Eu já ouvi essa palavra em algum lugar... — Mário surpreendeu-se. Tentou lembrar, mas em vão.

10 *Uma estranha reunião*

No dia seguinte, o senhor de óculos fundo de garrafa assinava o livro de presença da reunião de uma organização secreta, em Tóquio.

No recinto, homens e mulheres trajavam tradicionais quimonos. Um ocidental mais observador poderia perceber, em cada quimono, uma flor de cerejeira estampada discretamente à altura do peito, do lado esquerdo. Sentados sobre as pernas, à maneira japonesa, todos aguardavam o início dos trabalhos.

Uma porta lateral foi aberta, e um velho senhor, puxando de uma perna, dirigiu-se a um ponto determinado, destacando-se dos demais, dando a perceber que ele dirigia a reunião.

Em suas palavras iniciais, seguindo o ritual que era estabelecido, dissertou sobre a necessidade de todos os membros lutarem cada vez mais pelos valores nipônicos, sem esmorecer diante das transformações a que o Japão estava sendo exposto.

Depois disso, a reunião prosseguiu, obedecendo a um determinado ritual preestabelecido. Quando foi dado o direito a que os participantes se expressassem, o senhor de óculos fundo de garrafa tomou a palavra, todos aguardando com interesse o que ele tinha a comunicar.

— Quais os valores em que acreditais? — perguntou-lhe o senhor que presidia a reunião.

A resposta, seguindo o ritual, já era esperada.

Uma porta lateral foi aberta, e um velho senhor, puxando de uma perna, dirigiu-se a um ponto determinado, dando a perceber que ele dirigia a reunião.

— Um membro de nossa organização só acredita nos verdadeiros valores nipônicos de nossos antepassados! — respondeu o senhor.

— Que novas nos trazes? — o presidente retrucou.

— Trago novas sobre uma jovem brasileira... — e o senhor emendou, com uma frase curta, ajeitando os óculos. — O primeiro contato já foi feito, Honorável Presidente! A segunda viagem, a de si a si mesma, se inicia...

No rosto de todos, até então sombrios, esboçaram-se sorrisos sinceros.

11 *Um gosto de chocolate*

Uma ou duas semanas depois, Mônica estava mais calma, embora ainda triste. Ao deixar a fábrica, onde ficara fazendo hora extra, observou que, ali perto, Mário, Renato e Nélson conversavam acaloradamente.

— Mônica, espere um pouquinho! — Mário gritou. Despedindo-se dos amigos, correu na direção dela, alcançando-a rapidamente.

— O que você vai fazer agora? — Mário perguntou, assim que se aproximou da jovem.

— Vou tomar banho e dormir, como sempre.

— Não vá dormir, não! Eu... queria... falar com você... — Mário estava sem jeito. — Que tal irmos ao *karaokê*?

— Mas me parece que vocês estavam discutindo alguma coisa importante.... Não quero atrapalhar... — Mônica falou com sinceridade.

— Eu e o Renato conversávamos com o Nélson. Ele é superlegal, mas está começando a ir muito ao *pachinko.*

— *Pachinko,* o que é isso? — perguntou Mônica.

— É o fliperama japonês.

— No Brasil também tem isso. Lá perto de casa, na Liberdade...

— Não, Mônica, aqui é completamente diferente do nosso fliperama, esse é o problema. Não tem aquele espírito de lazer, de divertimento. Aqui as máquinas são tão rápidas que viciam logo, como se fosse uma poderosa droga. Se você entrar num *pachinko,* vai ver uma porção de máquinas uma ao lado da outra, os jogadores sentados, olhos fixos nas bolinhas, uma loucura! Já vi muito dekassegui se afundar em dívidas por causa do *pachinko* e não vou deixar o Nélson entrar nessa. O bom é que ele me ouve... Ele entendeu o perigo que começava a correr... Mas, então, vamos ao *karaokê*?

— Assim, no meio da semana? — Mônica não entendia a intenção de Mário.

— Eu sei que estamos no meio da semana e eu também tenho que dormir cedo, mas... eu queria... sei lá... ter um lugar para a gente conversar.

— Mário, você está querendo me dizer alguma coisa... Fale!

— É meio difícil dizer assim, tudo de uma vez... daí o *karaokê*...

— Tá legal, Mário! — Mônica não sabia o que Mário queria lhe dizer, mas seria bom mesmo poder conversar com ele a sós. Achava-o muito simpático desde que ele a abraçara, consolando-a. — Então, vou voando pro *sentô*, dou duas canecadas d'água e volto correndo, tá?

Mário riu do jeito descontraído como ela aceitou o convite. E achou ótimo!

No *karaokê*, enquanto Mário esperava por Mônica, um japonês desafinado tentava prosseguir com a música, acompanhado de Vera, que não fazia mesmo questão de se enturmar com o pessoal.

— Sabe que ando preocupada com a Vera, Mário? Ela tem arrumado umas companhias estranhas... - disse Mônica, logo que chegou, à guisa de início de conversa.

— Eu também tenho notado. Mas não é para falar da Vera que eu a convidei. Sabe o que se comemora hoje no Japão?

— Não!

— É o Valentine's Day, o Dia dos Namorados.

— Isso não é um costume americano, Mário? — Mônica começou a desconfiar da intenção de Mário.

— Sim, mas depois da guerra, os japoneses incorporaram muitas coisas dos americanos. Só que aqui o Valentine's Day é diferente. As meninas é que tomam a iniciativa e dão um chocolate marrom para os garotos.

— Bravo! — Mônica bateu palmas. — Pelo menos nisso as japonesas têm iniciativa, né? A Taeko me disse que as mulheres só começaram a votar depois da Segunda Guerra e até hoje a gente vê, mesmo numa cidade grande como Tóquio, muitas mulheres que só têm mesmo o direito de andar três ou quatro passos atrás do marido...

— Mas não fique muito contente não, porque depois de um mês, no White Day, só se o jovem devolver uma barra de chocolate branco para ela, é sinal de que ele a aceita em namoro....

— Ah, eu sabia que vinha coisa...

— Só que, como estamos no Japão, onde tudo é invertido, os carros andando na contramão, os japoneses escrevendo de cima para baixo e da direita para a esquerda, batendo os dedos no nariz, quando se referem a si mesmos, em vez de levar a mão à altura do peito, como nós... Por isso tudo, eu também queria inverter o Valentine's Day... — Mário, com as mãos trêmulas, tirou uma barra de chocolate do bolso, entregando-a.

— Isso é um pedido de namoro? — Mônica alegrou-se. — Eu não sei se...

— É, mas fique à vontade. Pense na proposta e, daqui a uns dias, gostaria de receber um chocolate branco de você. Não precisa demorar um mês, né?

— Tá combinado, vou pensar com carinho na proposta — Mônica o beijou no rosto, feliz. — Independente de qualquer coisa, eu queria te dizer que sua declaração chocolatícia me deixou muito contente.

— Que bom saber, Mônica!

— Verdade. Aqui a gente fica muito carente, sabe? É do alojamento para a esteira, ida e volta, e a gente não é só feita de carne e ossos, né? Daí eu dar muito valor a seu carinho, Mário.

Mário indagou como ela estava, desde que se decepcionara na procura do avô.

— Assim, assim... O Nélson é que teve sorte com os parentes dele. Foi procurá-los e o receberam numa boa. — observou Mônica. — Só estranharam um pouco a pele morena de sol lá de Londrina. Quanto a mim, você sabe como fiquei decepcionada. Mas eu ainda encontro meu avô e minha avó, nem que eu tenha de ir a pé de Hokaido até Okinawa.

— Por falar nisso, eu descobri o que é Hachiko. O Toshio, aquele dekassegui com mania de ser japonês, vive insistindo para eu e o Nélson irmos às reuniões que ele anda frequentando lá em Tóquio. Quando ele me falou que ficava perto da estação de Shibuya, que era só pegar a saída Hachiko, eu me lembrei que eu já passei lá. Mas foi quando tinha acabado de chegar ao Japão e não me lembrava direito...

— Então começa a fazer sentido o que o velho de óculos fundo de garrafa falou! — Mônica se interessou pela informação de Mário.

— E sabe o que é o tal do Hachiko?

— Não, não faço a menor ideia. O que é?

— Um cachorro! — Mário sorria diante da fisionomia de espanto de Mônica.

— Cachorro? — Mônica fez o costumeiro trejeito com a boca.

— Do lado da estação de Shibuya, tem uma praça que se chama Hachiko. Nela, há uma estátua de um cachorro, cujo nome era justamente Hachiko.

— Estátua de cachorro? Então o focinho a que ele havia se referido... Que estranho! — Mônica queria saber mais.

— É. Contam que, lá por volta de 1930 mais ou menos, um professor da Universidade de Tóquio, todos os dias, vinha à estação tomar o trem acompanhado de Hachiko, seu cão. Ele tomava o trem e o cachorro voltava para casa. À noitinha, lá estava o cachorro na estação, esperando o professor retornar. Um dia, o professor foi, mas não voltou mais. Havia falecido. O cachorro continuou, por anos, indo esperá-lo na estação todas as tardes.

— Que lindo, Mário!

— Até me arrepia contar isso, Mônica! O caso era tão conhecido que, quando o cachorro morreu, embalsamaram o corpo, que está em um museu em Tóquio, e erigiram uma estátua de bronze em sua homenagem, justamente a estátua que está lá na saída Hachiko.

— Mas agora eu entendo por que o velho falou sobre símbolo de devoção e fidelidade a uma causa! — Tudo começava a fazer sentido para Mônica. Decidida, ela disse: — Mário, sábado vamos lá? Quem sabe eu não encontro uma pista sobre meu avô?

— Bom, sabe como é... Eu preciso pensar um pouco... Pode ser que sim, pode ser que não... — Mário assumiu um ar meditativo, de quem não quer demonstrar muita vontade. Mas Mônica logo percebeu que era brincadeira. Na verdade, ele explodia de alegria por dentro em poder ficar um dia todo com Mônica.

12 *O focinho de bronze*

Mônica nunca ansiou tanto pela chegada do sábado. Pela manhã, ela e Mário partiram para Tóquio.

— Vamos cedo, Mônica, que quero passar em Akihabara, o bairro dos aparelhos eletrônicos, para comprar um modelo novo de aparelho de CD.

— Mas você me disse que havia pego um no lixo eletrônico lá em Konosu, assim que chegou ao Japão!

— Peguei sim! E o Nélson, outro dia, pegou um micro-ondas. Mas já é um modelo ultrapassado de CD. Vou procurar coisa nova. Tá certo que estamos aqui para fazer economia, mas pelo menos um sonzinho novo eu quero ter.

Já na capital japonesa, em uma das baldeações de metrô, Mônica estranhou, em um dos vagões, o cheiro forte de vômito.

— Não esquenta não, Mônica! O pessoal dos escritórios, os *sarariman*, no fim do dia, vão para os bares e tomam todas, até caírem. À noite, não é difícil vê-los grogues, vomitando nos vagões — Mário observou e Mônica torceu o nariz, enjoada.

Ao deixarem Akihabara, depois de Mário fazer sua compra, caminharam para a estação de metrô próxima com destino ao bairro de Shibuya. Notaram por ali o início de uma manifestação de mulheres vinculadas a uma organização feminista, munidas de cartazes e megafones, que começavam a gritar palavras de ordem.

— O que elas estão reivindicando, Mário? — Mônica estranhou a manifestação.

— Pelo que eu estou entendendo, essas mulheres querem reparação pelos abusos sexuais cometidos pelo extinto exército imperial japonês contra mulheres chinesas, coreanas e filipinas, no tempo da guerra...

— Que horror, Mário! Eles fizeram isso com elas? — Mônica se impressionou.

— Aquele cartaz ali, tá vendo, fala em mais de duzentas mil mulheres escravas. Aquele outro fala que o governo japonês já reconheceu a responsabilidade moral na criação dessas redes de prostituição, mas que precisa pedir perdão a elas.

De repente, não se sabe saído de onde, apareceu um grupo de jovens, armado de paus, que avançou sobre as manifestantes. Embora a ação tenha sido rápida, a polícia, que dava cobertura à manifestação, interveio a tempo e os agressores não atingiram seu objetivo, dispersando-se rapidamente.

— Mário, o que houve? Eu já passei por uma situação dessas, quando chegamos ao Japão, lá em Shinjuku... Mas você é que ficou branco que nem cera! — Mônica, apesar do susto, demonstrava calma.

— Nada, não, Mônica. Apenas achei uma brutalidade, só isso — Mário pensou ter visto Toshio entre os agressores? Não, não era possível. Talvez tivesse se enganado. Lógico que se enganara! O absurdo era tão grande que preferiu não comentar nada com Mônica.

O susto só passou quando finalmente tomaram o trem para a estação de Shibuya. Ao descerem lá, dirigindo-se para a saída Hachiko, Mônica se espantou ao ver tanta gente reunida na praça. Percebeu que se tratava de um local de encontro muito concorrido. Como achar seu avô naquela multidão? Como ele a acharia?

— Mônica, aqui tem tanta gente que é preciso esperar exatamente onde as pessoas combinam. Se o velho disse focinho, é preciso esperar por aqui... — Mário sabia do costume de quem marca encontros no Hachiko.

— Mário, eu quero esperar sozinha, tudo bem? Não sei como meu avô vai me receber e...

— Entendo, Mônica. É um momento só seu. Eu vou te esperar num café que tem naquela direção. Não tem erro. O café chama-se Pronto. O nome é esse mesmo: Pronto, com grafia ocidental.

Mônica, ficando só, sentiu-se um pouco desconfortável. Mas logo entregou-se a seus pensamentos, e isso a confortou. Retirando a mochila de suas costas, abraçou-a, com carinho, como se abraçasse o avô... Ali dentro estava a enxada, embrulhada na bandeira japonesa, que entregaria a ele. Tinha certeza de que o encontraria logo.

Até outro dia, era uma jovem vestibulanda, vivendo à custa dos pais, com o compromisso apenas de estudar. Março se aproximava e é certo que já estava quase na hora de retornar ao Brasil, mas, agora, estava ali, dona do seu nariz, num país estranho, de costumes bem diferentes dos seus. Já se acostumava com os sons, quando falavam devagar já entendia frases inteiras, até começava a pensar em japonês. Agora, ali, estava prestes a realizar sua missão.

Entregue a imaginar como seria seu avô, sua avó, como eles a receberiam, de repente, percebeu que falavam com ela. Olhou à esquerda, e um jovem dizia alguma coisa. Embora falasse japonês, seu sotaque e fisionomia não eram nipônicos. Talvez um árabe, um dekassegui como ela? Quando conseguiu entender o que ele dizia, percebeu que estava sendo molestada.

"Mais essa agora! Nem em São Paulo fui cantada na rua, vou ser cantada logo aqui em Tóquio, onde raramente isso acontece?" — ela não queria se irritar, mas quando ele a tocou no braço, obrigando-a a acompanhá-lo, ela entendeu que era preciso fazer escândalo, colocá-lo na defensiva.

Mônica, então, abriu a caixinha de palavrões, xingando-o em português, que não há melhor língua para se xingar do que a língua materna.

Quando Mônica despachou sua mochila em direção ao rosto do atrevido, viu diante de si, não mais o rapaz, que sumira na multidão, mas um policial alto, de bigodes, que aparou o golpe como pôde.

Levada para o *koban*, o posto policial próximo, ela sentou-se na cadeira indicada pelo policial. Depois de uma sensação de torpor, veio o desespero, ela não resistiu e o choro foi inevitável. Enquanto as lágrimas desciam, uma sucessão de imagens rápidas se alternavam, explodindo em sua mente: lista dos aprovados no vestibular. Decepção pelo fracasso. Ela sentada no escritório da empreiteira. A decisão de partir. O pai entregando-lhe a enxada. Missão a ser cumprida. O embarque no aeroporto. O frio na barriga. O detector de metais em São Paulo e em Los Angeles. O ataque contra os desabrigados em Shinjuku. A neve japonesa. O banho de canequinha. A esteira vomitando carenagens de moto sem parar. A velhinha do vilarejo batendo a porta em sua cara. O velho de óculos fundo de garrafa a alcançando, perguntando: "Quando a cerejeira floresce?"

— Cerejeira? Sei lá... Quer dizer, acho que é quando terminar a segunda viagem, a mais difícil... — Mônica, como um autômato, respondeu em voz alta, lembrando-se do conselho do velho de óculos fundo de garrafa. Olhando para o policial, percebeu que ele, curvando-se, estendia um lenço e sorria, com cumplicidade.

— Se a cerejeira floresce depois da segunda viagem, a de si a si mesma, ainda não é fim do caminho — ele falou bem devagar, olhando para a medalhinha de Mônica, que entendeu finalmente que era ele o contato no Hachiko.

— Onde estão meus avós? — Mônica perguntou, objetiva, assim que ele terminou de falar.

— Os velhinhos do Asilo Rosa de Hiroshima precisam de ajuda... — ele voltou a assumir uma postura enigmática, passando-lhe um endereço.

— Quem são vocês? — perguntou ela, já sabendo que não haveria resposta.

— O endereço é aqui perto. Duas ou três quadras... — ele disse, impassível.

Não adiantava mesmo continuar perguntando. Respirando fundo, ela se levantou.

— *Sayonara, onesan*! — ele se despediu, dando passagem a ela, dizendo "adeus, mocinha!"

13 ***O Asilo Rosa de Hiroshima***

Assim que ela abandonou o *koban*, o policial tirou o telefone do gancho e discou um número. Como forma de identificação, o interlocutor perguntou-lhe, seguindo o ritual:

— Quais são os valores em que acreditais?

— Um membro de nossa organização só acredita nos verdadeiros valores nipônicos de nossos antepassados! — respondeu o policial.

— Que novas nos trazes?

— Trago novas sobre a jovem brasileira. O segundo contato já foi feito. O cão de Hachiko ensinou à jovem sobre fidelidade e devoção.

Enquanto isso, Mônica, munida do endereço dado pelo policial, foi procurar Mário. Quando chegou ao café indicado, avistou Mário, que a esperava.

— Mônica, que cara é essa?

Ela, já mais calma, controlando sua emoção, contou rapidamente o ocorrido, evitando os detalhes. Mesmo porque Mário já dava visíveis sinais de raiva, socando a mão direita na palma da esquerda, como se socasse o jovem que a havia molestado.

— O policial me deu o endereço de um asilo. Disse que não é longe daqui. — Mônica estendeu o papel, certa de que Mário a acompanharia na procura pelo endereço.

Não demoraram a achar o asilo. Ao atravessar o portão, o coração de Mônica batia forte. A possibilidade de ver seu avô dentro de minutos a emocionava. Foram recebidos por uma senhora vestida à japonesa, com um impecável quimono e o costumeiro sorriso nipônico.

— Aguardem aqui que vou chamar a diretora.

Colocados em uma sala de espera, decorada totalmente ao estilo japonês, aguardaram. Pelos *tatamis*, almofadas os convidavam a sentar. No entanto, as fotos pregadas na parede chamaram a atenção dos jovens. Aproximando--se, compreenderam que o tema era a bomba atômica.

Em uma das fotos, via-se uma espécie de trave, intacta, único elemento em pé. Por todos os lados, desolação. Mônica chamou a atenção de Mário para a trave.

— Não é trave, Mônica. É o portal de um templo shintoísta, ou *torii*, como se diz em japonês. Não é um milagre, um aviso dos deuses, pensar que tudo em volta se desintegrou e o *torii* ficou incólume?

— Que horrível, meu Deus! E esta foto aqui, então! Só ficou a armação do prédio! — Mônica se espantou ainda mais, apontando o que restara do antigo prédio da prefeitura de Hiroshima, conhecido hoje como a Cúpula da Bomba Atômica.

— Espantados, jovens? — escutaram uma voz feminina às costas. Virando-se, depararam com uma senhora magrinha, bastante ágil nos seus quase setenta anos, de olhar doce, que se curvava, cumprimentando-os no estilo japonês. Era a diretora do asilo.

A senhora também trajava quimono como a mulher que os recebera. Sorrindo, indicou as almofadas. Os jovens sentaram-se à moda japonesa como ela.

— As fotos espantam vocês, que não viveram isso, não? Imaginem a mim e a muitos velhinhos daqui que estávamos lá em Hiroshima. Foi um horror! Lembro-me como se fosse hoje. Eu era bem jovem, com quinze anos de idade, e estava na escola quando a bomba explodiu, formando uma rosa imensa de destruição. Naquela manhã de agosto de 1945, simplesmente a maior parte da cidade desapareceu.

A senhora falava como se ainda visse a destruição por todos os lados, o desespero e o grito de todos os sobreviventes diante dos mais de oitenta mil mortos só na hora da explosão. Percebendo, nos rostos dos jovens, que seu relato trazia um desconforto muito grande, a senhora respirou fundo, mudando de assunto:

— Mas a que devo a visita de jovens tão simpáticos? Vocês vieram pela vaga de auxiliar de enfermagem?

— As fotos espantam vocês, que não viveram isso, não?
Imaginem a mim e a muitos velhinhos daqui que estávamos lá em Hiroshima.

— Auxiliar de enfermagem?... Não, nós viemos... — Mônica, ainda espantada, tentou explicar o porquê da presença deles, mas não conseguiu. As imagens descritas pela senhora eram fortes demais, dramáticas demais.

— Por favor, Mário! — ela pediu ao amigo que explicasse a razão da visita.

Mário explicou, no seu japonês fluente, que eram *dekasseguis*, e que Mônica estava à procura de seus avós.

— Qual é o nome de seu avô? — a senhora estava solícita.

— Jiro Takahashi! — ansiosa, Mônica respondeu.

Como se passasse mentalmente em revista fisionomias e nomes, a senhora demorou um pouco a responder. Logo em seguida, pronunciou uma palavra que Mônica não queria ouvir: — *Iiê*!

— Não? — a jovem se surpreendeu. Então, por que o policial tinha sugerido que... Mas ele não havia sugerido nada, ou havia?

Que resolução tomar, santo Deus? Mônica estava inconformada e não conseguia pôr seus pensamentos em ordem. Agradecer à senhora, pedir desculpas pelo incômodo, virar as costas e ir embora de mãos abanando?

— Venham, quero mostrar a vocês o asilo. Os velhinhos sempre ficam tão sós! — a diretora suspirou fundo, espantando um fio de emoção que os jovens não perceberam — O Japão está cada dia mais se tornando uma nação de velhos, raras são as visitas de jovens por aqui. Eles vão gostar. Venham!...

Ainda transtornada, decepcionada mais uma vez, Mônica mal acompanhava o diálogo de Mário com a diretora. Caminhando pelo asilo, ela mostrou a ala dos paralíticos, velhos que precisavam de assistência o tempo todo, já que dificilmente conseguiam se deslocar até para ir ao banheiro.

Vários velhinhos, sentados à japonesa sobre *tatamis*, jogavam uma espécie de baralho japonês. Mônica os olhava com ternura. Num momento, percebeu que procurava em suas fisionomias traços do avô ausente. Isso não a incomodou. Pelo contrário, sentiu uma imensa ternura por eles.

Um pouco mais afastados, outros anciãos preparavam um palco.

— Eles vão apresentar alguma peça? — Mário percebeu que se tratava da preparação de uma peça teatral.

— Sim, hoje eles vão apresentar Kaguekiio, peça do teatro Nô, um clássico japonês, obra muito antiga, escrita por volta de 1300. O enredo é muito interessante: fala de uma filha que faz uma longa viagem à procura de Kaguekiio, seu pai...

— E ela o encontra? — Mônica interessou-se em saber.

— Sempre se encontra quando somos fiéis e devotados à procura — a senhora emendou, enigmática. Havia em sua voz um traço de emoção, que Mônica creditou ao fato de a diretora certamente gostar muito da peça.

— Fiéis e devotados como o cão Hachiko, não é? — Mônica acrescentou, no estilo japonês de falar evasivamente, deixando as coisas no ar.

— Sem dúvida. Você começa a entender que as respostas virão mesmo que demorem para serem obtidas, minha jovem.

Enquanto andavam por ali, Mônica, acompanhando a diretora conversar com um velhinho e dando atenção a uma velhinha, ia tomando uma decisão muito séria.

Ao regressarem à recepção, Mônica já tinha se decidido. Pediu a Mário que traduzisse para o japonês que ela queria a vaga de auxiliar de enfermagem.

— Mas, Mônica, isso não se decide assim, de repente... — Mário estava surpreso pela atitude repentina.

— Está decidido, Mário! Traduza isso, por favor!

A diretora do asilo argumentou que Mônica não tinha experiência, que o trabalho era duro para uma jovem, tendo que se sujeitar a muitos inconvenientes.

— Mais duro que trabalhar em fábrica, na linha de produção, diretora? — Mônica arrematou, sem que Mário precisasse traduzir. — Essa vaga é minha. Quero vir para cá cuidar dos velhinhos...

14 *Um gosto de amor*

Ao cair da tarde, quando os jovens partiram, a diretora discou um certo número de telefone. Depois de respondidas as mesmas perguntas rituais feitas ao policial, a mulher falou sobre Mônica.

— O terceiro contato já foi feito pela jovem brasileira, Honorável Presidente! Ela se emocionou com as fotos de Hiroshima. Entendeu a mensagem sobre a peça Kaguekiio e tomou uma decisão: a de vir trabalhar no asilo. A viagem de si a si mesma prossegue...

Mário, no trem de volta a Konosu, não entendia a repentina decisão de Mônica.

— Você tem certeza de que é isso que você quer? — sua fisionomia era triste.

— Tenho, Mário.

— Mas, assim, de repente?

— Mário, olhando aqueles velhinhos, senti uma ternura muito grande por eles... Era como se minha avó, como se meu avô estivesse lá, precisando de mim... Eu nunca tive tanta certeza na minha vida. Como tenho certeza também de que quero dar esse presente a você. Tome! Abra! — Mônica entregou-lhe um pequeno embrulho, com um lacinho bonito feito por ela. Mário fez menção de guardá-lo.

— Não acredito que você não vai abrir, Mário! — Mônica ralhou.

— Bem, aqui no Japão você sabe que é superdeselegante abrir o presente na frente de quem o deu? Segundo as regras, devo deixar para abrir depois, quando estiver sozinho... — Mário fazia charme.

— Acontece que, sempre que dois brasileiros estão reunidos para falar de seus sentimentos, deselegante é seguir as regras japonesas. Por isso, acho bom você abrir logo, mesmo porque senão vai melar tudo! — ela se deliciava com o jeitinho de Mário, fazendo charme.

Mário abriu o embrulho, trêmulo.

— Quer dizer que você me aceita como namorado? — ele quase gritou de felicidade, segurando a barra de chocolate branco que Mônica lhe dera. Olhando para ela, ao seu lado, não teve dúvida. Aproximou seus lábios dos dela e a beijou com ternura, demoradamente.

— Vou sentir saudades de você, Mário! — ela se aninhou no seu abraço.

Ele tirou um bonequinho do bolso e o entregou a ela.

— Tome. Eu comprei pra você enquanto te esperava lá no Hachiko.

Era um bonequinho *darumá*, muito conhecido entre os japoneses e seus descendentes. Mônica deveria pintar um olho nele e fazer um pedido. Quando o pedido se concretizasse, deveria pintar o outro olho no boneco.

— Sabe, Mário, lá no bairro da Liberdade as lojinhas estão cheias desses *darumás*. Mas nunca dei muita importância. Este, no entanto, será como um forte talismã para mim. E você sabe qual o pedido que vou fazer ao pintar o olho nele, né? Encontrar meu avô está se tornando uma prioridade para mim...

— E você sabe que hoje eu vou pintar o segundo olho do *darumá* que eu comprei quando te pedi em namoro? — Mário sorria de felicidade.

— Você tinha comprado um e... Sabe que você é uma gracinha, Mário! — Mônica olhou-o com ternura.

— Ainda bem que Konosu não é tão longe de Tóquio...

— É bom ficar um pouco longe. Assim você sente mais saudades de mim, seu bobo!

Chegando a Konosu, Mônica encontrou Taeko no refeitório, jantando. Foi um momento difícil, porque Taeko a havia convidado a vir para o Japão para ficarem juntas e sentia que a amiga poderia entender a mudança de planos como uma traição à amizade delas.

— Tatá, você tem sido minha amiga sempre. Você é quem me incentivou a vir ao Japão, por isso queria que você fosse a primeira a saber dessa minha decisão de ir trabalhar no asilo. Não é uma traição à nossa amizade, mas eu sinto que... — Mônica estava constrangida, depois de ter colocado Taeko a par de sua decisão.

— Mas quem falou em traição, Momô! É o seu momento, a sua vida, a sua missão que está em jogo. Só que você se esqueceu de que está quase na hora de você voltar ao Brasil...

— Mudei de ideia. Não vou voltar agora. Só volto com a missão cumprida — Mônica estava mesmo decidida.

— Mas e o cursinho, seus estudos, sua família, visto de permanência! — Taeko tentava, em vão, demover Mônica da ideia repentina.

— Cursinho tem todo ano. Encontrar meu avô é uma vez só na vida e é agora. Quanto à minha família, vou telefonar a meu pai. Ele vai entender perfeitamente. Ele já passou por isso uma vez, em relação à missão que meu avô lhe deu; agora é hora de eu cumprir a missão de meu pai. Não volto antes disso resolvido.

— E o visto de permanência? — Taeko percebia que não adiantava mesmo insistir.

— Talvez seja o único problema. Mas eu começo a aprender que para todo problema existe sempre uma solução.

— Sabe que você é meio profética, Sakurako? — Taeko assumia um ar irônico. Quando a chamava pelo nome japonês, Mônica sabia que a amiga estava querendo brincar com ela.

— Como assim?

— Logo que você chegou aqui, falou que limparia até cocô, se fosse pra ganhar dinheiro, lembra-se? Pois agora você vai limpar cocô o dia inteiro, Sakurako!... — Taeko sorria, brincalhona.

— Para com isso, por favor! Mônica reclamou e em seguida riu — Mas, você tem razão, Tatá! E é até para ganhar menos, mas não dá para ficar na fábrica, levantando carenagem, ou conferindo pintura, ou encaixotando peças, entende? — Mônica se justificava, entusiasmada. — Não sei o que me deu. Confesso que estou surpresa também, mas ali é o caminho para achar meu avô. E, se não for, pelo menos vou poder dizer a mim mesma que minha vida aqui no Japão foi útil.

— Eu compreendo a sua decisão, amiga. E percebo que isso vai te amadurecer muito. Você, como todos nós, chegou aqui só querendo ganhar dinheiro, mas sinto que você coloca outros valores acima do vil metal. Isso é muito louvável. Só desejo sucesso a você nessa sua nova maneira de pensar.

15 Mônica em apuros com a empreiteira

Segunda-feira antes do almoço, decidida a deixar Konosu, Mônica arrumou uma brecha no seu espremido horário de trabalho e foi até a empreiteira. Queria se demitir, receber o que lhe era devido, pegar seu passaporte e documentos e partir para Tóquio. Diante do funcionário que a atendeu, no entanto, uma surpresa desagradável. Estava devendo muito para a empreiteira.

— Mas como estou devendo tudo isso? Alojamento, alimentação, e... até a passagem? — Mônica gaguejava. Nervosa, não conseguia encontrar palavras em japonês para refutar o absurdo da conta.

Desolada, resolveu procurar ajuda com Mário e Taeko, mais experientes, para resolver o impasse. Foi para o refeitório tentar encontrá-los.

— Mônica, o que houve? Você está pálida! — Nélson, que ia entrando no refeitório, a abordou.

Mônica contou-lhe o ocorrido.

— Vamos conversar com o Mário. Olha lá ele almoçando naquele canto com o Renato e a Beatriz — Nélson a chamou, convidando-a a acompanhá-lo.

— Eles disseram que eu estou devendo alimentação, alojamento e até a passagem, gente! Tudo isso, ficou combinado, era por conta da empreiteira. Por outro lado, tenho certeza de que meu pai pagou à vista pra empreiteira lá em São Paulo — Mônica quase chorava ao relatar o ocorrido a Mário e aos amigos.

— Meu chefe estava contando pra mim e pro Renato, hoje cedo, que essa empreiteira anda mal das pernas e aproveita da inocência de muitos *dekasseguis*, Mônica — Mário tentava acalmar a namorada. — A gente chega a ser muito ingênuo em relação aos japoneses. Querem ver uma coisa? Nélson, cadê o seu carimbo oficial? — Mário questionou de súbito, objetivamente.

— Sei lá. Eu tenho um com que eu carimbo os memorandos, os documentos internos lá da fábrica. O oficial... — Nélson procurava se lembrar. — Ah, está na empreiteira!

— Estão vendo? Todo o mundo sabe que aqui no Japão não se usa assinatura, como no Brasil, mas sim aquele carimbo, que tem valor de assinatura. Mas como somos brasileiros, não estamos acostumados com isso e esquecemos desse detalhe. Pois bem, sabe o que a empreiteira fez com mais de uma dúzia de *dekasseguis*?

— Até imagino, Mário! — Beatriz já pensava no pior.

— Pegaram os carimbos de um bom número de brasileiros e contraíram empréstimo no banco, carimbando como se eles é que tivessem pedido o dinheiro. Está dando um rolo danado. E não sei não se os nomes de vocês não estão no meio da lista de vítimas...

Depois do trabalho, Mário acompanhou Mônica, mas não encontraram os responsáveis pela empreiteira. Uma secretária os recebeu com má vontade, dizendo que nada podia fazer.

Mônica telefonou para o asilo, esclarecendo a situação. A diretora afirmou que viesse mesmo assim. Em breve o caso se resolveria. Mônica ficou sem saber o que fazer. Como abandonar seus documentos? Como pagar a dívida? Preferiu esperar. Falaria com seu chefe, veria o que poderia ser feito.

No dia seguinte, Mônica conseguiu pouca coisa na fábrica. Apenas a promessa de estudarem seu caso e dos outros prejudicados junto à empreiteira.

Mais tarde, o telefonema de um escritório de advocacia em Tóquio a fez deslocar-se até a capital. O telefonema não era muito claro. Apenas dizia que deveria estar lá o mais rápido possível para resolver a pendência com a empreiteira. Seria o advogado da empreiteira? Iriam ameaçá-la a pagar as contas para devolverem seus documentos? Mas como ela pagaria? Estava com medo.

Mário a acompanhou. Não foi difícil achar o endereço no movimentado bairro de Marunouchi. Ela e Mário já se acostumavam a se locomover na grande capital.

Os dois entraram no sofisticado prédio com receio. Estavam ansiosos, já imaginando que iriam ser mal recebidos, maltratados, Mônica sem ter como provar o pagamento da passagem, sem ter como discutir a conta do alojamento, da alimentação, detalhes que haviam sido combinados de outra forma no Brasil.

Para surpresa deles, um advogado, robusto como um lutador de sumô, mas muito simpático, atendeu-os com cortesia.

— Você que é a Mônica? — ele, sorrindo, veio recebê-la na recepção. Quando Mônica olhou para Mário, como querendo convidá-lo a entrar, o advogado deixou-a entender que queria conversar a sós com ela.

— O senhor é o advogado da empreiteira, né? — Mônica sentou-se toda encolhidinha na cadeira que ele apontou, assim que fechou a porta atrás de si.

— Pelo contrário. Chamei-a aqui a pedido da diretoria do asilo Rosa de Hiroshima. Papai está velhinho e não temos como cuidar dele em casa. Ele é um dos internos do asilo. Por isso, a diretora, que me conhece, tomou a liberdade de pedir minha ajuda em relação a seus problemas, minha jovem! — ele elucidou o fato de ter chamado Mônica a Tóquio. — Mas vamos lá, qual é seu problema? Parece-me que a empreiteira que a trouxe está retendo seus documentos e exigindo pagamento de coisas absurdas, não?

Depois de conversarem sobre a documentação de Mônica, o advogado tranquilizou-a a respeito de seus problemas. Tudo estaria resolvido rapidamente. Acionaria a empreiteira, tanto no Brasil, para obter o documento que provaria o pagamento da passagem, como em Konosu, exigindo a devolução dos documentos de Mônica. Aliviada, Mônica comentou também o caso dos empréstimos fraudulentos feitos pela empreiteira. Antes de se levantar para as despedidas, o advogado comentou:

— Seu caso não é grave, fique tranquila, mas o de seus amigos é um pouco complicado. Seus amigos têm que arrumar um advogado em Konosu para provar ao banco que a empreiteira agiu de má-fé.

Ao abrir a porta, acompanhou-a até a recepção.

— Uma coisa é preciso que fique clara — ele dizia em tom de conselho, quando os dois já se aproximavam de Mário. — Vocês, brasileiros, chegam aqui cheios de esperanças e sonhos, e se esquecem de que o Japão é um país real, não um país ideal. Geralmente, os *dekasseguis*, por informações de seus pais e avós, têm a expectativa de que o Japão ainda é o país de seus antepassados. No entanto, principalmente depois da Segunda Guerra Mundial, com a ocidentalização dos costumes, e agora com a globalização mundial, ele tem mudado muito. Por isso, é preciso resgatar os valores antigos, dos nossos antepassados...

— Posso fazer uma pergunta direta, bem no estilo do meu país? — Mário, assim que Mônica lhe contou rapidamente a respeito da ajuda do advogado, foi incisivo. — Por que o senhor está tão empenhado na causa de Mônica, se nem o havíamos procurado?

— Digamos que gosto de jovens fiéis e devotados a uma causa... — ele respondeu, sorrindo, entendendo a preocupação de Mário.

Mônica, ao ouvir a referência a jovens fiéis e devotados a uma causa, lembrou-se do que dissera o velhinho dos óculos fundo de garrafa e a diretora do asilo. Tinha certeza de que o advogado não apenas era conhecido da diretora, mas que fazia parte do mesmo grupo.

Ao se despedir, o advogado observou que a medalhinha de Mônica era muito bonita.

— O senhor não vai me perguntar quando termina a segunda viagem? — ela não teve receio de questioná-lo sobre a pergunta que parecia fazer parte de um ritual.

— Não é preciso, minha jovem! Eu e você sabemos que ela termina quando as cerejeiras florescerem, não? E é a mais difícil das viagens. Não há pressa! — e sorriu com afeto, o que Mário engoliu muito a contragosto.

Ao entrarem no elevador, Mônica estava tranquila, feliz. Mário é que não estava nada contente.

— Que advogado legal, Mário!

— Legal uma ova! — Mário estava visivelmente irritado. — Não gostei nada dele! Aquela conversinha de ocidentalização, de globalização, de ser necessário resgatar os antigos valores de nossos antepassados, é a mesma conversinha que o Toshio sempre joga pra cima de mim e do Nélson...

— Precisava ficar tão irritado na frente do advogado, Mário? Ele está fazendo um favor para mim, e você quase estraga tudo. Eu não sabia onde enfiar a cara com a sua pergunta cretina! — Mônica reclamou.

Mário pediu desculpas a ela, mas durante toda a viagem de volta a Konosu falaram muito pouco, apenas o essencial.

16 *Mônica, agora uma mulher*

Na reunião que os *dekasseguis* fizeram para resolver o impasse sobre os empréstimos fraudulentos feitos pela empreiteira, muitas ideias, mas poucas propostas viáveis.

— Quem é a favor da greve levanta a mão! — propôs um dekassegui mais exaltado.

— Tá carecendo mesmo da gente fazer uma greve, num sabe? — Renato se manifestou, achando a proposta válida.

— Negativo, Renato! Aqui no Japão não se cruzam os braços! Aqui eles metem uma faixa na cabeça, escrito "Estamos em greve", mas continuam trabalhando firme — Mário observou como os japoneses enfrentavam questões trabalhistas.

— Que jeito estranho de fazer greve! — disse Nélson.

— Bom, se depender de como os japoneses são tarados por trabalho, filho de Deus, devem ter mesmo um siricutico se ficarem de braços cruzados. Já imaginaram a cena? Dois ou três japinhas esfregando as mãos, desesperados, olhando pra comissão de negociação, implorando, aperreados, que aceitem qualquer migalha, pois estão doidinhos para voltarem ao trabalho... — Renato se permitiu um momento de descontração.

— A faixa na cabeça aqui dá mais resultado do que quando os sindicatos param todo o ABC paulista! — Mário deu uma boa risada do comentário de Renato. — A diretoria fica desgastada diante da opinião pública, que vai tachá-la de incompetente. E se há uma coisa que japonês não perdoa é incompetência.

Não foi preciso mesmo radicalizar. O problema foi resolvido pacificamente. Através da interferência do advogado contratado, conseguiram provar que a empreiteira agira de má-fé, e o seguro bancário cobriria os empréstimos feitos.

Mônica, tendo também resolvido seus problemas com a empreiteira, decidiu que era hora de partir para Tóquio.

A despedida dos amigos foi comovente. Taeko tentou se mostrar forte, mas não conseguiu.

— Momô, posso te confessar um segredo? — ela se emocionou. — Quando você chegou aqui, ainda era a mesma Mônica meio criançona que conheci no Brasil, meio mimada, meio cheia de vontades.

— Mas você também era assim, Tatá!

— Sim, era, você disse bem. Como mudei muito trabalhando, vivendo o mundo japonês, eu pude perceber a diferença entre nós. Agora eu estou te sentindo mais amadurecida, mais mulher, sabia? *Gambatê* lá com os velhinhos, tá?

— Obrigada, amiga! — Mônica, enxugando as lágrimas, também emocionada, retribuiu o abraço de Taeko.

Mário acompanhou-a até a estação. Não sabia o que dizer.

— Mário, quase a todo minuto há trens para Tóquio — ela tentava amenizar a difícil hora do adeus.

— Só que não dá para estar com você a todo minuto, estando em Tóquio. Mas eu apareço para matar as saudades!

17 *Seja bem-vinda!*

Ao tomar o trem para Tóquio, Mônica ia triste por deixar os amigos e o namorado, mas confiante, certa de que sua mudança para a capital japonesa tinha um objetivo claro: encontrar seu avô. Era uma questão de honra para ela, sabia que, mais dia menos dia, ia encontrá-lo no asilo, ou pelo menos ter notícias de seu paradeiro.

Ao descer na estação de Ueno, não sentiu dificuldades em tomar o trem que a levaria até a estação de Shibuya. Curiosamente, sentia-se integrada a todos que a rodeavam, como se estivesse no metrô da estação Liberdade, em São Paulo, que conhecia tão bem.

Pela primeira vez, não sentiu medo de Tóquio, da agitação do metrô, e até da correria da cidade que ela começava a conhecer melhor. Poderia dizer que se sentia japonesa? Não, certamente que não, mas era como se fosse.

No asilo, foi recebida pela diretora.

— Venha, Mônica. Venha conhecer seu quarto. — A diretora fez questão de levá-la até lá, feliz, depois de saber que seus problemas com a empreiteira tinham sido resolvidos.

— Eu, inclusive, queria agradecer à senhora por ter intercedido por mim e...

— Você não tem nada a agradecer. Digamos que eu precisava de você aqui o mais rápido possível.... — A diretora a interrompeu, sorrindo.

— Eu estou muito empenhada em ficar no asilo, mas tenho um problema. Vim para o Japão para fazer *arubaito*, ficar só três meses e preciso renovar meu visto... — Mônica estava reticente.

— Não se preocupe! Para isso existem advogados. Vamos resolver isso rapidamente. Venha!

Mônica ia dividir o quarto com outra *dekassegui*, também brasileira. No corredor, foi apresentada a sua companheira.

— Seja bem-vinda, Mônica! Meu nome é Sanae. Sou de Marília, interior de São Paulo. O serviço de auxiliar de enfermagem não é duro como na fábrica, e espero que você se acostume. Conte comigo pro que der e vier...

Sanae levou Mônica para que ela começasse a aprender a rotina do serviço. Enquanto arrumava as camas e limpava os quartos, ia contando sua história.

— Eu sou casada, e estamos aqui há dois anos — simpática, Sanae falava rápido. — Já trabalhei em dois hospitais e agora vim para cá, onde o serviço é mais leve. Meu marido trabalha numa empresa de aparelhos eletrônicos e o meu filho está na escola, o que corresponde aqui à oitava série. Como eu moro em Hon-Atsugi, a quase uma hora de trem daqui, eu costumo dormir no asilo mesmo, por causa das horas extras. De quinze em quinze dias, eu vou para casa, ver como estão as coisas.

Mônica passou aquele e os outros dias da semana se entrosando com o trabalho no asilo. À noite, estava exausta. O ritmo era bem diferente da fábrica, agora ela tomava consciência disso. Trabalhar com seres humanos, principalmente idosos, requeria muito mais do que simplesmente habilidade manual. Requeria disponibilidade, atenção, carinho e paciência. Muita paciência!

18 *Um beijo não trocado*

Em meados de março, semanas depois, Mário veio vê-la. Foi encontrá-la no pátio, conversando com um velhinho. Ao vê-lo, ali, tão real, tão próximo, a vontade era abraçá-lo, beijá-lo longamente, mas Mônica se conteve.

"Que ironia!" — ela pensou, olhando para Mário. Os velhinhos não se acanhavam em ficar nus no banho coletivo, mas, se beijasse Mário na presença deles, como era sua vontade, isso iria agredi-los.

Em respeito aos velhinhos, Mônica preferiu curvar-se, no cumprimento formal japonês, sem se tocarem.

— Olá, Mário, como vai?

— Que olá mais japonês! — Mário sorriu, entendendo a situação.

— Minha vontade era beijá-lo demoradamente, mas... os velhinhos... — Mônica não disfarçava seu desejo.

— Eu compreendo!... Sabia que estamos de empreiteira nova? — Mário, sem saber o que dizer, acabou falando sobre o que menos Mônica queria ouvir.

— Empreiteira nova? — Mônica sorriu do constrangimento do namorado. — Venha, vamos nos sentar naquele banco, mais afastado dos velhinhos.

Sentando-se mais afastados, Mário a olhou com carinho e contou rapidamente que a solução foi arrumarem uma nova empreiteira para os *dekasseguis*. Agora ia tudo bem. Os apartamentos tinham até privada e chuveiro ocidentais, embora a maioria continuasse preferindo o *sentô* da esquina.

— O Renato e a Beatriz é que estão radiantes! Desde que chegaram, até agora nunca tinham podido dormir juntos, coitados! — Mário a olhava com ternura, beijando-a com os olhos, não conseguindo segurar sua emoção em vê-la.

— Por favor, Mário! Os velhinhos...

— Tá bom, vou me comportar. E você, como está?

— Bem. Sabe que aqui eu começo a ver um Japão diferente? É como se eu tivesse chegado no Japão com óculos escuros, vendo tudo embaçado ou quase nada e agora tivesse trocado por lentes claras.

— E o seu visto? — Mário agora assumia um ar sério, ansioso, ao indagar sobre os documentos que Mônica precisava para permanecer no Japão.

— Já está quase resolvido. Não se preocupe. Não vou fugir de você... — ela brincou.

Sanae passava por ali, e Mônica a chamou, fazendo questão de apresentá-la a Mário.

— Mário, esta é a Sanae, a minha "anja" da guarda!

Em respeito aos velhinhos, Mônica preferiu curvar-se, no cumprimento formal japonês, sem tocar Mário.

— Olá, como vai? Seja bem-vindo ao asilo, Mário.

Quando Sanae se distanciou, Mônica comentou que o filho dela estava com problemas em relação aos colegas da escola.

— Ah, é? Já ouvi falar em casos assim... — Mário ficou pensativo. Não contou à Mônica, mas lembrou-se do caso de um garoto, muito noticiado pela televisão, que não suportando o *ijime*, como os japoneses chamam o trote escolar, se suicidou, enforcando-se na cesta de basquete da escola.

— Mário, você ficou pensativo de repente. O que houve?

— Nada de mais. Saudade de você, é isso — ele desconversou.

— Venha, Mário, vamos conversar com a diretora — Mônica convidou-o, levantando-se. — Tenho me dado muito bem com ela. Ficou muito minha amiga. Ela, apesar de estar sempre ocupada com a direção do asilo, sempre acha tempo para seus *ikebanas*, seus arranjos florais.

Já se aproximavam da diretora, quando um velhinho a interrompeu.

— Você é brasileira? Dá um recado pros meus filhos que estão lá?

— Quem é? — Mário quis saber, assim que Mônica prometeu que levaria o recado, e o velhinho se afastou.

— É Yamamotosan. Seus filhos foram para o Brasil há uns 30 anos, mas, para ele, é como se eles tivessem ido ontem. Já está esclerosado, e toda vez que me vê, pergunta dos filhos. Outra hora ele me faz prometer que, voltando ao Brasil, eu o levarei comigo. Isso quando ele não delira mesmo, e começa a correr pelo pátio, dizendo que precisa ir buscar os meninos na escola, porque a bomba vai explodir, a maldita, a terrível! Aí, Mário, me chamam rápido, porque só eu consigo acalmá-lo, senão ele vira samurai e vai pelo pátio dando espadadas, quer dizer, bengaladas em todo mundo.

— Sabe o que eu noto, Mônica? O asilo parece que está fazendo bem a você! — Mário sorriu e, não resistindo, afagou seu rosto.

— É. Eu tenho aprendido muito com os velhinhos. Sei lá, estou aprendendo a dar mais valor à vida, à minha juventude, não sei... — Mônica tomava consciência das mudanças que estavam ocorrendo com ela.

— Temos visitas, Mônica? — a diretora, sorrindo, cumprimentou Mário, assim que eles se aproximaram.

— Eu fiz questão que ele viesse cumprimentá-la. Quer que eu a ajude com os *ikebanas*?

— Eu já estou acabando. Ah, sabe o que eu queria te pedir, Mônica? Daqui a algumas semanas, no começo de abril, as cerejeiras do Parque de Ueno vão florescer. Gostaria que você ajudasse Sanae e os outros funcionários com os velhinhos ...

— Lógico! Conte comigo, diretora!

Quando abril chegou, Mário prontificou-se a acompanhar os velhinhos do asilo ao parque de Ueno. Era uma forma de estar junto a Mônica. Sob as cerejeiras em flor, milhares de pessoas se reuniam, cantando, alegres, comendo, bebendo *sakê*, felizes pelo florescer das cerejeiras.

— Que incrível, Mário! Quanta gente! — Mônica se surpreendeu com a multidão.

— É um barato, não é? No ano passado, eu já tive a oportunidade de estar aqui. O Japão, tão *gambatê*, tão esforçado, tão cheio de trabalho, trabalho, trabalho, por estes dias vira um verdadeiro piquenique.

Os dois andavam por ali, enquanto os velhinhos confraternizavam. Mário e Mônica estavam alegres com o colorido das cerejeiras em flor. Estavam enamorados, felizes por aquele momento.

— Só não entendo uma coisa, Mônica! — Mário olhava a namorada com carinho. — As cerejeiras floresceram, sua viagem está terminada e seu avô... nada!

— As cerejeiras floresceram, mas sinto que está faltando a viagem de mim a mim mesma para encontrar meu avô!

— E como você entende esta viagem?

— Não sei, Mário. Estou confusa. Conscientemente, entendo que deve ser uma viagem para o interior de mim mesma, mas o que isso significa na prática acho que só o tempo dirá! Não sei, estou confusa! — Mônica desabafou.

— Calma, amor! Você tem razão. As respostas virão com o tempo. — Mário abraçou-a, pouco se importando com o que as pessoas à volta diriam.

19 *A Ordem do Grande Japão*

Semanas depois, Toshio, em uma manhã, procurou Mário e Nélson. Aproximando-se, amistoso, convidou os dois a participarem da reunião do seu grupo, em Tóquio.

Assim que ele se afastou, Mário disse:

— Acho que deveríamos ir, Nélson. Tá certo que o Toshio é meio fanaticão, e é um saco a conversinha dele, mas não é a primeira vez que ele nos convida... — Mário tentava convencer Nélson a acompanhá-lo. Mesmo porque, ele pensou, seria uma boa desculpa para visitar Mônica, depois da reunião.

— Você tem razão, Mário. Não custa nada ir lá, saber do que falam. Tá resolvido. Vamos à reunião.

Toshio, Mário e Nélson, no domingo seguinte, saíram de Konosu bem cedo. Já na reunião, os dois logo perceberam, pela presença maciça de jovens, que o encontro tinha o intuito de angariar novos adeptos. Cerca de cem jovens ou mais lá estavam, entre veteranos do grupo e novatos como eles.

No palco, ao fundo, havia um estandarte. Lendo os ideogramas, Mário compreendeu que estava escrito o nome da organização: Ordem do Grande Japão. Os ideogramas estavam inscritos em vermelho sobre um fundo branco, sendo ladeados por flores de cerejeira.

Na tribuna, vários oradores se sucediam. Um deles discorreu sobre a manutenção do grande Japão. Era preciso, para isso, contar com japoneses dedicados, que não pensavam em si, mas no todo da Nação. Outro era de opinião que não se podia admitir japoneses que iam contra a filosofia do grande Japão, do Japão poderoso. Portanto, vagabundos e desempregados eram a escória da sociedade. Se no Japão havia desempregados, certamente eram antipatriotas, que precisavam ser liquidados.

— Mário, estou me lembrando do ataque aos desabrigados, na estação de metrô de Shinjuku, assim que meu grupo chegou. Estou quase certo de que foi coisa desses caras... — Nélson fazia confidências em voz baixa para não ser ouvido pelos vizinhos.

Depois das várias apresentações, o coordenador do encontro anunciou a palestra mais importante, a do Líder Supremo da Ordem do Grande Japão.

— De pé para recebermos o nosso Líder Supremo, Mestre Nishisan, a quem eu peço uma calorosa salva de palmas.

Ao subir à tribuna, o velho senhor japonês foi ovacionado pelos jovens.

Mário e Nélson logo perceberam que se tratava de um orador carismático, com um poder de magnetismo impressionante. Iniciou sua palestra abordando a participação do Japão na Segunda Guerra Mundial. Segundo ele, o Japão não havia perdido a guerra.

— Se vocês, meus jovens, acham que perdemos a guerra, estão muito enganados. O imperador Hiroito, num ato de suprema bondade para com o mundo, diante do desespero dos Estados Unidos, que lançaram duas bombas atômicas sobre o Japão, houve por bem preservar os valores japoneses, saindo do confronto mundial, atendendo ao apelo, ao pedido de paz feito pelas forças aliadas; elas sim, as grandes perdedoras.

— Nélson, você está entendendo o mesmo que eu? — Mário cochichou para o amigo.

— Algumas frases eu não entendo, mas no todo dá para entender que esse velhinho não leu os mesmos livros de história que nós... — Nélson sussurrou, estupefato.

No final, Mestre Nishisan, o Líder Supremo da Ordem do Grande Japão, a cada pergunta de ordem que fazia, pedia aos jovens sonoros "nãos" como resposta.

— Poderia uma nação derrotada, que não acredita nos valores pátrios, ser a primeira a conseguir dominar os sete mares?

— Não! — gritavam todos.

— Poderia uma nação derrotada, que não acredita nos valores pátrios, eletrificar suas linhas ferroviárias tão rapidamente como o Japão fez?

— Não! — repetiam todos.

— Poderia uma nação derrotada, que não acredita nos valores pátrios, desenvolver-se no campo da ciência como o Japão se desenvolveu?

— Não! — tornaram a repetir.

— Quero ouvir agora três nãos para a última pergunta: poderia uma nação derrotada, que não acredita nos valores pátrios, ser a líder do primeiro mundo?

— Não! Não! Não! — a plateia levantava os braços, como autômatos, chegando quase ao delírio coletivo.

— Nélson, não tá dando mais para ficar aqui. Esses caras são malucos. Estou caindo fora. Vou visitar a Mônica. Você vem comigo? — Mário sussurrou, protestando, ao ver a lavagem cerebral a que todos estavam sendo impostos.

— Não, eu vou ficar até o fim. Quero saber até onde vão os absurdos desses fanáticos... Agora tenho certeza de que foram eles mesmos que atacaram os desabrigados de Shinjuku. — Nélson também falava em voz baixa, ao explicar por que ficaria.

— Agora você entende por que o Toshio tem sempre aquela conversa tão fanática, né? Por falar nele, preciso te contar sobre um ataque que vi a uma manifestação feminista na estação de Akihabara. Eu estava em dúvida se era ele um dos participantes, mas agora tenho certeza de que era sim.

— Não brinca, Mário! Verdade? — Nélson se espantou.

— Verdade. Mas faz de conta que não te disse nada. Deixe-me ir, antes que a gente comece a chamar a atenção dos coordenadores.

20 *Mônica em uma organização criminosa?*

Mário deixou a reunião, pensativo. Que coisa maluca tudo aquilo! Agora fazia sentido o ataque aos desabrigados de Shinjuku, onde Mônica, por engano, fora agredida, e... agora ele tinha uma certeza: Toshio estava mesmo entre os agressores às mulheres manifestantes em Akihabara.

Ao chegar ao asilo, Mário estava quieto, calado demais, o que foi percebido por Mônica, ao cumprimentá-lo.

— Você está tão quieto... O que houve?

— Nem sei como começar a te dizer, Mônica! — Mário procurava as palavras.

— Por favor, Mário! Você está tão esquisito... Fale!

Incentivado a falar, Mário colocou-a a par de onde viera. Falou rapidamente da reunião do grupo de Toshio, de tudo o que presenciara.

— Que coisa estranha, Mário! Como é mesmo que se chama a organização? — Mônica estava surpresa, depois do relato sobre a reunião.

— Ordem do Grande Japão, um negócio assim. Lembro-me que, do lado dos dizeres, havia a decoração de flores de cerejeira, que...

— Flores de cerejeira? — Mônica interrompeu e, na mesma hora, para Mário, tudo se esclareceu.

— Mas, claro! Como não pensei nisso antes, Mônica? Flor de cerejeira, sim! Você também diz que seus contatos falam sempre em segunda viagem, que ela só termina quando a flor de cerejeira...

— Quando a flor de cerejeira florescer... — Mônica não entendia aonde Mário queria chegar.

— Então, é isso! Eles estão de olho em você, querendo também levá-la para essa organização!

— Mário, por favor! De onde você tirou isso? Você anda lendo muitos *mangás*? — Mônica ironizou, referindo-se aos gibis japoneses.

— Eles estão te iniciando, te preparando o espírito, Mônica. Como querem fazer comigo e com o Nélson. Está tudo muito claro!

— Claro coisa nenhuma! Sabe como eu entendo o contato deles? Como se eu estivesse sendo iniciada sim, preparada, sim, mas não para entrar em uma organização de fanáticos, de criminosos... Já senti que estou sendo testada em minha paciência, em meu amadurecimento, entende? Aqui no asilo...

— Aqui no asilo eles também falam das mesmas coisas que lá...

— Como assim? — Mônica começou a se irritar com o namorado.

— Falam em bomba de Hiroshima como lá, falam em...

— Cale-se, Mário! Eu não admito que você coloque em dúvida os valores japoneses que tenho aprendido aqui...

— Mônica, pelo amor de Deus, me entenda! — Mário se exasperou. — Você já está até falando como eles, sobre valores japoneses, valores pátrios... Até aquele advogado...

— Mário, por favor, não me aborreça! Quando cheguei aqui reclamava de tudo, do *sentô*, do *futon*, da comida, da gororoba nojenta, lembra-se? Pois, aqui no asilo, ouvindo os velhinhos contarem dos traumas da bomba de Hiroshima, assistindo às peças do teatro Nô, entendendo a filosofia do *ikebana*...

— Agora eu compreendo por que aquele advogado foi tão solícito, tão gentil... Ele também falava em valores positivos dos antepassados, lembra-se? Eles fazem parte de uma organização criminosa, Mônica! — Mário não ouvia as argumentações da namorada.

— Escute o que estou dizendo, Mário! — ela ralhou com ele. — Convivendo com os velhinhos... Outro dia, só para te dar um exemplo, um deles que cuida do jardim do asilo, falou-me do significado de cada elemento do jardim japonês, onde a natureza é recriada em miniatura... Tenho mergulhado neste mundo de símbolos, de detalhes, Mário!... Isso não pode ser obra de criminosos, entende? Inclusive, indo à cremação de Yamamotosan...

— Aquele velhinho meio biruta? Você não tinha me falado da morte dele.

— E você deixou eu falar até agora? Em primeiro lugar, não admito que você o chame de biruta, tá bom? — Mônica continuava a se desentender com Mário. — Ele fez um pedido que achei lindo. As cinzas foram jogadas no mar, junto com flores secas de uma cerejeira que ele havia plantado em Hiroshima, quando pequeno...

— Você está vendo como tenho razão? Uma organização de malucos que tem a flor de cerejeira no seu estandarte, lógico que seus membros vão querer ser enterrados sob pétalas da flor de cerejeira. Para mim está tudo claro, Mônica!

— Acho bom nós mudarmos de assunto, Mário! Não dá para conversarmos, se continuar assim...

— Tudo bem. Mas pense sobre o que eu descobri hoje, tá?

A despedida dos dois, como se podia esperar, não foi das mais românticas.

Vendo Mário partir, a diretora do asilo aproximou-se. Sentando-se ao lado de Mônica, sorriu para a jovem.

— Sabe, quando eu era pequena, morava à beira-mar, numa província distante. Sempre que o mar ficava agitado, minha mãe, eu e meus irmãos ficávamos com medo de papai, que era pescador, morrer na tempestade. Mas logo depois, o mar serenava... As ondas, antes enormes, iam diminuindo, diminuindo, o mar ficando calmo, sereno...

Mônica sabia que ela se referia à sua briga com Mário.

— O pior, diretora, é que eu o amo, sabe? — Mônica, num gesto impulsivo e espontâneo, segurou as mãos da diretora.

— Ama, mas não se sujeita... — a diretora surpreendeu-se com o gesto de Mônica, mas não retirou suas mãos. Deixou-se ficar assim. — Eu não sei o que houve, o que vocês conversaram, mas não entendo a forma de vocês, ocidentais, se amarem. Para nós, que nos casamos pelo *miai*, por encomenda, o amor tem o significado de...

— Casar por encomenda? Meu pai já me falou disso. Meus avós se casaram assim, segundo ele, e...

— Como estão seus pais, Mônica?

— Meus pais?... — Mônica surpreendeu-se com a pergunta direta, tão ao estilo brasileiro.

— Quer dizer... como são eles? Eu tenho muita curiosidade com... o jeito de viver dos brasileiros... — a diretora justificou-se.

— Estão bem... Papai tem uma quitanda e mamãe é professora de Matemática... — Mônica falava emocionada. De repente, a pergunta deixou-a desconfortável e saudosa ao mesmo tempo. Tentando mudar o rumo da conversa, ela perguntou: — Ainda existe o *miai*?

— Sim, apesar da ocidentalização, esse tipo de casamento ainda é muito comum — a diretora suspirou, entendendo que Mônica procurava desviar o assunto. — A jovem ou o jovem procura o *nakoodo*, uma espécie de casamenteiro, que encontra um par para ele ou ela... E se casam!

A diretora sorria, vendo que Mônica não entenderia o *miai*.

— Amor, para nós, não quer dizer paixão, esse fogo que vocês dizem arder por dentro ao ver o amado. Amor significa sujeitar sentimentos, sujeitar emoções, as paixões internas.

— E isso dá certo? Casar sem amor...

— E no Ocidente, com todas as juras de amor e fidelidade eterna que vocês trocam, dá certo? Vocês são felizes?

Mônica não tinha resposta. Voltando a se referir ao desentendimento dela com Mário, a diretora disse:

— Tenha calma, minha filha. Lembre-se de que o mar agitado, depois da tempestade, fica sereno. Não tome nenhuma resolução precipitada.

— Lá no Brasil a gente usa uma expressão semelhante. É preciso esperar a poeira baixar... — Mônica sorriu, lembrando-se da expressão tão brasileira.

A diretora fez menção de se levantar, soltando as suas mãos das de Mônica. A jovem fez questão de segurá-las por mais um pouco.

— Por falar no meu país, quando a gente gosta de uma pessoa, a gente costuma dizer isso a ela. Eu gosto muito da senhora. Até hoje não tinha dito, mas quero que saiba disso. A senhora é uma pessoa muito especial para mim...

Já de mãos soltas, a diretora fez menção de tocar o rosto de Mônica, mas se retraiu. Quis dizer alguma coisa, mas calou-se.

Mônica percebeu que ela se afastou rápido, como se quisesse fugir do que pensara em lhe dizer. Já longe da jovem, a velha senhora enxugou algumas lágrimas que marejavam seus olhos.

21 *Toshio, o homem-bomba!*

Meses depois, Toshio procurou Mário e Nélson. Desde a reunião em Tóquio, eles não se falavam. Os dois tentaram, logo após, fazê-lo confessar que tomara parte do grupo que agredira as manifestantes feministas de Tóquio, mas ele negou terminantemente. Argumentou que os membros da Ordem do Grande Japão tinham somente a preocupação de preservar os valores pátrios, diante da crescente globalização mundial e da americanização galopante da juventude japonesa, em vez de ficar atacando chorosas senhoras indefesas.

Agora, Toshio estava ali, diante dos dois, apavorado.

— Vocês sabem que tenho acreditado em tudo o que o pessoal da Ordem do Grande Japão tem me falado. E, como sou fiel à causa, tenho...

— Fiel e devotado, como o cão de Hachiko? — Mário

o interrompeu, lembrando-se de que Mônica usara várias vezes as mesmas palavras.

— Cão de quem? O que você quer dizer com isso? Hachiko, que eu sei, é uma das saídas do metrô de Shibuya... — Toshio não sabia aonde Mário queria chegar com a conversa.

— Mário, você sabe minha opinião a respeito de suas dúvidas. Acho que não têm nada a ver suas suposições. Deixa o cara falar, pô! — Nélson foi firme na intervenção.

— Deculpe-me, Nélson! Continue, Toshio! — Mário se aquietou.

— Eles querem que eu promova um exercício militar na estação do metrô de Kasumigaseki, no Parque Hibiya, próximo aos prédios dos ministérios japoneses, em Tóquio. É necessário analisarmos se os efeitos de um gás mortífero realmente serão suficientes para a conscientização das massas japonesas para o grande Japão que... — Toshio falava rápido. Como uma metralhadora cospe balas, ele cuspia as palavras como se tivesse decorado o texto.

— Exercício militar, gás mortífero... Se estou entendendo bem, Toshio, eles querem que você assassine pessoas e... — Mário não conseguiu terminar a frase. Era terrível demais. Não queria acreditar.

— E por que escolheram você, Toshio, um dekassegui? Por mais que você esteja envolvido com a Ordem do Grande Japão, você é um estrangeiro! — Nélson também se espantava com a confissão de Toshio.

— Por isso mesmo, Nélson! O que nós fazemos não é o serviço que os japoneses rejeitam? — Mário conseguia entender a lógica na escolha de Toshio para efetuar o ato terrorista. — Você acha que os mandachuvas iam sujar as mãos com isso?

— Eu tô apavorado! Não vim ao Japão para assassinar ninguém... — Toshio pedia ajuda.

Mário perguntou se ele não havia contestado, protestado. Toshio respondeu dizendo que não adiantava. A organização provava por "a mais b" que estavam certos. Como exemplo, citavam os Estados Unidos, que usara armas químicas no Vietnã, dizimando plantações e queimando milhares de vietnamitas sem sofrer sanções internacionais...

— E se a gente avisasse a polícia? — Mário tentava achar uma saída para o impasse.

Toshio lembrou que a organização tinha gente infiltrada até na polícia. Mário concordou, lembrando-se do policial de Hachiko e completou:

— Já sei qual a solução. Vou falar com meu chefe. Estou sabendo que ele tem ligação com um pessoal dos Direitos Humanos, Anistia Internacional, um negócio assim, não sei... Eu já o ouvi falar sobre uma reunião deles. Talvez ele possa ajudar.

O chefe de Mário achou melhor entrar em contato com o serviço secreto japonês. Os Direitos Humanos e a Anistia Internacional pouco poderiam fazer no caso, já que não tinham o poder de polícia. Contactado, o serviço secreto japonês, que já estava de olho na Ordem do Grande Japão, e tinha um dossiê completo sobre os cabeças do grupo, elaborou uma estratégia para coibir o ataque.

Tudo veio, porém, por água abaixo quando os planos foram abreviados. Toshio tinha informações de que o ataque seria dali a um mês. No entanto, na semana seguinte, depois do almoço, um furgão veio buscá-lo em Konosu. Como ele entraria no turno da noite, foi fácil achá-lo no alojamento.

Pego de surpresa, não teve tempo de avisar ninguém. Levado à sede da organização, em Tóquio, ficou sabendo que chegara a hora. O ataque, por outro lado, não seria mais em Kasumikasegui, mas em Shinjuku.

Levado à movimentada estação de metrô, juntamente com outro terrorista, Toshio, não podendo avisar ninguém, tomou uma decisão suicida. Em vez de acionar o relógio que detonaria a bomba assim que estivessem em segurança, ele preferiu detoná-la tão logo a colocou junto ao sistema central de ar-condicionado da estação do metrô. O gás mortífero, espalhando-se com muita rapidez por todo o sistema de ar-condicionado, atingiu-o e ao terrorista que o acompanhava, e os dois foram os primeiros a morrer.

Acabavam ali as esperanças de um jovem brasileiro, que deixara o seu país para resolver seus problemas financeiros, mas que encontrou a morte de maneira estúpida, levando consigo mais dez pessoas e deixando atrás de si um rastro de milhares de intoxicados, alguns em estado grave.

Tóquio, uma cidade tão segura, de repente se transformara na capital do terrorismo. Em poucas horas, o atentado ganhava os noticiários televisivos, não só do Japão, mas do mundo.

— Vocês não são culpados de nada, meninos! — Mônica, que fora até Konosu para estar com o namorado e os amigos, tentava consolar Mário e Nélson.

— Você sabe a minha opinião sobre isso tudo, Mônica!... — Mário não se conformava.

— Por favor, não começa, senão eu volto para Tóquio agora! — ela respondeu com rispidez.

— Se nem o serviço secreto japonês conseguiu, eles que são especialistas nessas coisas, vocês dois iam conseguir? — Taeko ajudava Mônica a consolá-los.

— Ó xente, vocês fizeram o que foi possível... — Renato concordava com Taeko. — Eu e ele não nos dávamos bem desde aquele caso da pichação, num sabem? Mas eu também estou sentido. Afinal, ele era um brasileiro como nós, usado por essa organização criminosa. Mas vocês fizeram tudo para salvá-lo!

— O Renato tem razão! Toshio morreu, todo o mundo tá sentido. E a morte dele não foi em vão. Serviu para acabar com essa organização criminosa, não serviu, Mário? — Beatriz inquiria, tentando convencer os dois de que fizeram o possível.

— Isso é verdade! — Mário e Nélson concordavam com Beatriz. — Ele se sacrificou, mas através de suas denúncias a polícia está conseguindo prender todos os cabeças desse movimento maluco.

22 *Partida para Kobe*

Quando julho chegou, Mônica estava, numa manhã de sábado, ajoelhada, passando pano no chão. De repente:

— Quem te viu e quem te vê, hein, Sakurako? — Taeko disparou às suas costas.

— Ai! Que susto, Tatá! Sua chata! — ela levou as mãos ao coração, disparado.

— Se sua mãe te visse assim, agachada, passando pano no chão, com a mão, não ia acreditar! — Taeko a beijou.

— Eu já disse para ela outro dia, ao telefone. Ela ficou espantada ao saber que aqui o costume é esse, que não há rodinhos. — Olhando ao redor, reparou que Mário e Nélson tinham vindo com Taeko.

— Oi, Nélson! Parabéns, hein? Eu fiquei sabendo que você e Taeko... — ela sorriu maliciosamente.

— É, a gente está namorando... — ele confirmou.

— Oi, Mônica! — Mário a beijou. — A Taeko e o Nélson queriam conhecer o parque Yoyogi e resolvemos vir buscá-la, de surpresa.

— Que bom, Mário! Vamos sim! Tenho curiosidade também de ver aqueles músicos de cabelos pintados e os estranhos motoqueiros que já ouvi dizer que ficam por lá... Eu já estava terminando. Estou de folga, mas estava dando uma mão para a Sanae. É só o tempo de me trocar...

No parque Yoyogi, Taeko cutucava Mônica, que não conseguia parar de rir dos jovens músicos dos grupos de rock, com seus cabelos coloridos de verde, vermelho, amarelo, muito bizarros. Ali perto, outros jovens, todos de preto em suas jaquetas de couro, cabelos com topetes imensos, à Elvis Presley, faziam evoluções em suas motos Harley Davidson, enquanto outros saracoteavam passos de rock dos anos 50.

Para surpresa de todos, viram Vera passar ao longe, acompanhada de um tipo estranho, camisa escura, de seda, óculos escuros, cabelos encaracolados.

— Olha lá a Vera! — Mônica ia chamá-la, mas foi impedida por Taeko.

— Ela está se enfiando numa gelada! — Mário revelou, confidenciando que o sujeito que a acompanhava se vestia com a marca registrada dos integrantes da Yakuza, a máfia japonesa.

No parque Yoyogi, Taeko cutucava Mônica, que não conseguia parar de rir dos jovens músicos dos grupos de rock, com seus cabelos muito bizarros.

Taeko, então, revelou a Mônica que ela havia abandonado Konosu, vindo para Tóquio. Trabalhava como *hostess* de casa noturna, ou seja, acompanhava clientes solitários, um serviço muitas vezes ligado à prostituição.

— Ela era meio estranha mesmo! — Mônica lamentou. — Eu e o Nélson nunca comentamos nada com vocês, mas no avião, quando viemos, ela estava sentada perto de nós e de repente, teve um troço, entrou em desespero, e queria porque queria saltar do avião já em movimento...

— É verdade. Fomos Mônica e eu que a seguramos. Enfim, cada um segue o seu caminho... — Nélson completou, entristecido.

No dia seguinte, Mônica e Sanae ajudavam os velhinhos a confeccionarem *origamis*, dobraduras de papel, que seriam enviados a Hiroshima, na semana do aniversário da bomba atômica, no começo de agosto.

— Lá, Mônica, eles vão ser colocados no monumento à Sadako Sasaki. Ela era uma menina que contraiu leucemia, por causa da radiação da bomba atômica. Doente, começou a fazer os mil *origamis* de garça, uma tradição para pedir ajuda aos deuses, mas morreu antes de terminar. Acabou virando símbolo da luta contra o armamento nuclear.

— Que lindo, Sanae! Eu não sabia disso... Cada dia o Japão me surpreende... E você? — Mônica, mudando de assunto de repente, perguntou: — Você vai voltar mesmo?

— Vou, Mônica. Meu filho continua tendo problemas na escola. Apesar disso, não tenho queixas daqui, mas chegou a hora de voltar. Com o dinheiro que já conseguimos, vai dar para abrir algum comércio lá em Marília...

Em agosto, quando das comemorações do dia dos mortos, Sanae já havia deixado o Japão. Mário, ao visitar Mônica, soube de uma decisão definitiva dela. Cansando-se das evoluções ritualísticas das tradicionais danças em homenagem aos mortos, foram conversar mais separadamente.

— Mário, eu tomei uma decisão e sei que vai ser difícil você aceitar. Eu vou para Kobe. — Mônica falou sem rodeios.

— Mas, assim, de repente? — Mário não entendia o porquê da decisão tão repentina. — O que você vai fazer lá?

— Ontem, ajudando os velhinhos a arrumar o tablado para as danças, um deles, que traz no rosto as queimaduras da bomba, novo aqui, me disse que eu deveria ir para Kobe, pois o reverso da partida é a chegada.

Mário permaneceu quieto.

— Eu sei o que você pensa, Mário. Você acha que a organização que matou Toshio é a mesma que está por trás dessa minha busca....

— Não consegui salvar Toshio e também não estou conseguindo salvar você. Se você insistir em ir, nosso namoro termina aqui! — Mário jogou sua última cartada.

— Eu vou, Mário! Já telefonei para meus pais avisando da minha decisão. Se você quiser vir comigo, eu vou adorar. Mas está decidido...

Mário não sabia o que dizer. Ficou em silêncio, mas não conseguia esconder seu nervosismo. De repente, respirou fundo, tomando uma dramática decisão.

— Adeus, Mônica, eu não tenho vocação para andarilho... — Mário levantou-se e foi embora, sem olhar para trás.

Mônica, naquele momento, sentiu medo. Perdia o namorado, de quem tanto gostava! Estaria certo acreditar em um velho que nem conhecia, mas que chegou dizendo que deveria partir? Quem garantiria que em Kobe acharia seu avô?

A diretora, vendo-a sozinha, aproximou-se.

— Parou de dançar, diretora? — Mônica, ao vê-la aproximar-se, tentou disfarçar as lágrimas.

— Cansei! — ela mentiu, sentando-se ao lado de Mônica. — Posso dizer uma coisa? Um dia você me perguntou como é que *ikebana* quer dizer "fazer as flores viverem", se se cortam os galhos, lembra-se? Pois bem! No *ikebana,* a gente corta os galhos para eles criarem força, fortalecerem ainda mais...

— Mas esse corte, essa despedida tá doendo aqui dentro!... — Mônica sabia que ela falava do seu rompimento com Mário.

— Você falou em partida, mas quem disse que haverá partida? Será que você não está caminhando para o ponto de chegada? — a diretora assumiu um ar enigmático.

Mário, na verdade, não resistiu um dia no seu intuito de romper o namoro com Mônica. No dia seguinte, telefonou-lhe.

— *Mochi, mochi*!... — Mônica atendeu ao telefonema, dizendo o costumeiro alô em japonês.

Do outro lado da linha, Mário estava alegre, descontraído. Pediu desculpas a ela, perguntando se seria fácil arrumar *arubaito* para ele também. Ela quase gritou de alegria, adorando a ideia de ele acompanhá-la.

— Você pensa que se veria livre de mim? Nunca, menina! Vou até o inferno com você — ele confirmava sua decisão de seguirem juntos para Kobe.

Mônica fez questão de ir a Konosu se despedir dos amigos. Prometeu a Taeko e Nélson que se tudo desse certo os chamaria. Taeko entendia que seria mesmo bom mudar de ares, já que o trabalho na fábrica era estafante.

No asilo, ao se despedir dos velhinhos mais chegados, Mônica chorou. Queria abraçá-los, mas se conteve, curvando-se em despedidas. A diretora, também curvando-se, disse, apenas:

— Toda partida tem uma chegada, filha!

— A senhora fala as mesmas coisas que aquele velhinho de rosto queimado... Por falar nisso, não me despedi dele... — Mônica curvou-se também, respeitosa, lembrando-se de que não o vira mais pelo asilo.

— Digamos que ele já cumpriu sua missão aqui... — ela falou, e Mônica entendeu que ele viera só para lhe trazer um recado a respeito de Kobe. — Lembre-se: às vezes é preciso cortar o galho para fixá-lo com firmeza na base do *ikebana*...

Mônica calou-se, entendendo o recado. Mas, depois de se curvar em cumprimento, não resistiu. Mandando os costumes japoneses às favas, abriu os braços para a diretora, estreitando-a com um carinhoso e demorado abraço bem brasileiro. Quando o abraço se desfez, as duas estavam chorando.

— Vocês, ocidentais, acham que somos muito insensíveis, não? — a diretora se desculpava, recompondo-se.

23 *Penico na penteadeira*

Tomando o *shinkansen*, o trem-bala japonês, Mário e Mônica se espantaram com a velocidade de quase duzentos quilômetros por hora que ele atingia. Depois de três horas e meia de viagem, chegaram à cidade portuária de Kobe.

Mônica não perdeu tempo. Já tinha onde procurar emprego. A diretora lhe dera o endereço de uma empresa do ramo de alimentos, fabricante de *bentôs*, de marmitex, sugerindo que, talvez, precisassem de *dekasseguis*. A sugestão, Mônica tinha entendido, era a certeza de que seria bem recebida.

Nakajimasan, o proprietário, ponderou que ela poderia começar já no dia seguinte. O alojamento feminino da empresa ficava em um prédio ao lado, onde Mônica encontrou várias famílias de *dekasseguis* brasileiros, o que a deixou muito à vontade.

Com seu jeito simpático, logo se entrosou com as meninas da empresa, principalmente com Márcia.

— Tatá, a Beatriz está aí perto? Chama ela pra mim!... — Mônica pediu à amiga no primeiro telefonema para Konosu, depois de contar as novidades de Kobe.

— Beatriz, você não sabe com quem estou morando!... Com a Márcia Ueda, lá de Moji das Cruzes, sua cidade! Ela disse que te conhece de lá! — Quando Beatriz confirmou que conhecia Márcia, Mônica completou: — Como esse mundo é pequeno, né? Mais de duzentos mil *dekasseguis* brasileiros aqui no Japão e vou encontrar logo uma conhecida sua!...

Quando Mônica desligou, Mário vinha chegando com boas notícias.

— Mônica, acabo de me ajeitar. Tem uma vaga no seu prédio, um andar acima do seu. Um carinha foi para Shizuoka e vou entrar no lugar dele. Tem um dentista brasileiro que trabalha em um dos estaleiros, disse que estão precisando de soldador lá. É trabalho pesado, mas, pelo salário, compensa. Ele vai me apresentar...

Em questão de dias, Mário já trabalhava no estaleiro.

O trabalho de Mônica não era difícil. Nakajimasan, velho *sushiman*, uma espécie de cozinheiro especializado em *sushis*, prato típico japonês, fez questão de ensiná-la pessoalmente a confeccionar *bentôs* de vários tipos. Sua tarefa era a de cortar peixes, *wasabi*, uma raiz japonesa, descascar nabos, cenouras, cortar algas marinhas; quando não, Mônica assumia o posto de embalar os *bentôs*, trabalho praticamente artesanal, feitos um a um.

— Engraçado como a vida nos reserva surpresas, Mário! — ela confidenciou, em um dos encontros com o namorado. — Você se lembra do dia em que nos conhecemos e que você me deu uma dura porque eu achei a comida nojenta?

— Lógico que me lembro. Você até falou que era uma gororoba, com cara de nojo! — Mário fez um trejeito com a boca, imitando Mônica, que riu. — Acho que foi por isso que eu comecei a te amar, sabia? Falei comigo: que menininha mais petulante, meu Deus!

— Eu era cheia de caprichos, de não gosto disso, não gosto daquilo. Lá em casa, eu não arrumava nem a cama. Aqui, faço até comida. Estou craque em fazer *oniguiris*, bolinhos de arroz, preparar peixe, eu que detestava peixe!... E sabe de uma coisa? Estou achando tudo ótimo!

— Eu também tenho mais ou menos a mesma trajetória de mudança de vida. Acho que todos nós, *dekasseguis*... Lá em Bastos, eu trabalhava num escritório de contabilidade, aquela vidinha pacata de preencher formulários e bater carimbos em documentos. Também jamais poderia imaginar que viria para cá, passar o dia inteiro soldando as chapas que depois vão compor os navios — Mário sorria, também compreendendo a mudança.

— O mesmo acontece com o dentista que arrumou a vaga pra você lá no estaleiro, não?

— Isso mesmo! Lá no Brasil, tinha acabado de se formar em Odontologia. Aqui, em vez de soldar dentes, solda as chapas junto comigo. Está guardando dinheiro para abrir seu consultório, quando voltar.

Num domingo, em uma das raras folgas dos dois, Mário convidou Mônica para ir até o estaleiro onde trabalhava, perto do porto.

— Vem, quero te mostrar onde trabalho!

Depois de passearem por ali, os dois se sentaram à beira do cais, no frio da manhã, observando os navios atracados.

— Este cheiro de mar me lembra as vezes em que eu e Tatá íamos pro litoral, sabia? — recostando a cabeça no ombro de Mário, Mônica se lembrava do Brasil.

— Por falar em Brasil, você sabia que foi daqui que meu bisavô e seu avô partiram?

— Daqui? — Mônica surpreendeu-se, levantando a cabeça do ombro de Mário.

— Verdade. Meu bisavô partiu na primeira leva de imigrantes, em 1908, no lendário navio Kasato-Maru. Seu avô também deve ter saído daqui, anos depois.

— Mas é lógico... Então tem sentido o que o velhinho de rosto queimado me falou... — Mônica finalmente entendia o que ouvira no asilo. — O reverso da partida é a chegada. Se partiram daqui, aqui é o ponto de chegada, aqui, no porto de Kobe.

— Lógico, Mônica! Isso faz sentido... — Mário, pela primeira vez, concordava com ela a respeito das indicações na procura pelo avô.

— Mário, que bom que você está mudando de ideia a respeito do que para mim está claro faz tempo!

— Bom, digamos que você tem razão, Sakurako! — Mário, para irritá-la, chamou-a pelo nome japonês, sorrindo, como se não quisesse dar o braço a torcer. Mas já estava convencido de que suas suspeitas eram mesmo infundadas. Depois de levar um beliscão da namorada, ele voltou a chamá-la como sempre.

— Sabe, Mônica, a gente reclama da demora das trinta horas de voo para chegarmos ao Japão, mas você já pensou o sacrifício que nossos avós fizeram, viajando de navio por quase dois meses?

Mário imaginava a chegada de seus antepassados ao Brasil, a ida para as fazendas de café, na região de Ribeirão Preto, os maus-tratos dos feitores, os imigrantes não conseguindo suportar mais de dois meses nas fazendas, se rebelando, voltando à Hospedaria dos Imigrantes, em São Paulo.

— Meu bisavô e os outros fugiram para São Paulo, onde ele acabou sendo copeiro, até que foi despedido por confundir penico com jarro d'água.

— Como confundir, Mário?

— Os japoneses não sabiam o que era aquilo. Para eles, penico e jarro d'água eram a mesma coisa. Pois não é que meu bisavô pôs o penico em cima da penteadeira, achando que era jarro d'água?

Mário e Mônica deram boas risadas, também se lembrando das gafes cometidas quando chegaram ao Japão. Depois conversaram sobre o trabalho de cada um. Mário falou do seu, sempre às voltas com chapas de aço, maçaricos, soldas. Mônica contou-lhe da lição que Nakajimasan lhe dera.

— Eu, embora já me tenha surpreendido várias vezes pensando como japonesa, outro dia fui bem brasileira. Como tenho muita liberdade com Nakajimasan, perguntei por que ele não compra esses modernos robôs que fazem mais de mil *sushis* por hora.

— E o que ele disse?

— Ele olhou para a minha medalhinha e me perguntou há quanto tempo espero para encontrar meu avô. Quando eu disse que há quase dez meses...

— Já faz tanto tempo que você chegou aqui, Mônica? — Mário indagou.

— Faz, Mário. Cheguei aqui em dezembro do ano passado... Nós já estamos em outubro... — Mônica conferia nos dedos a passagem dos meses.

— É verdade. Nossa! Com você ao meu lado, nem senti o tempo passar tão rápido! — Mário fez um galanteio, recebendo um beijo em troca.

— Aí Nakajimasan me lembrou que, como a cerejeira só floresce uma vez por ano, não se deve apressar a natureza. Se o encontro com meu avô necessita do tempo da procura, também é preciso se respeitar os longos anos que um *sushiman* se prepara para poder passar a energia para os alimentos, coisa que máquina nenhuma jamais fará.

— Sabe, eu preciso te pedir perdão! — Mário interrompeu-a, olhando em seus olhos, carinhoso.

— Perdão?

— É. Acho que até hoje pensei tudo errado em relação à organização que... Essa sua conversa com Nakajimasan me prova que...

— Não diga mais nada, Mário! — Agora era a vez de Mônica interrompê-lo. — Não explique nada! Me beija, se você quer meu perdão — Mônica pediu, emocionada.

24 *A enxada salvadora*

Era outubro. Havia dois meses que os jovens estavam em Kobe. Numa daquelas manhãs, antes das seis horas, Mário já se preparara para ir ao estaleiro e, no corredor, encontrara Márcia que acabara de bater na porta do apartamento de Mônica, chamando-a.

— Mônica, vamos embora?

— Já estou indo, Márcia! Me dá dois minutos... Só estou guardando umas roupas.

— O Mário está aqui e quer falar com você... — Márcia a apressou.

Mônica já havia se trocado. Dias antes, havia recebido seu pagamento. Enviara a maior parte para o Brasil, como sempre fazia. Conferiu o dinheiro que sempre trazia consigo, guardado numa pochete de pano que fizera e que trazia presa ao corpo, costume que aprendera com Taeko. Aliás, telefonara para Taeko, contando sobre duas vagas na empresa. Dali a um mês, Taeko e Nélson viriam se juntar a eles.

No momento em que Mônica guardava as roupas em sua mala, apressada, sabendo que Márcia e Mário a esperavam, sentiu a terra tremer. No começo, não se intimidou. Já sentira muitos tremores, tanto em Konosu, como em Tóquio e ali mesmo, em Kobe. Certamente seria mais um deles, rápido, coisa comum num país com mais de sessenta vulcões ativos.

No entanto, o que ela esperava que fosse um leve tremor, foi se transformando em um chacoalhão violento. A sensação, ela diria depois, era a de que o prédio se transformara em uma pequena caixa de fósforos na mão de um sambista.

De repente, a luz apagou, as paredes começaram a rachar, o prédio ruía, o chão lhe faltava. Um estrondo violento se ouviu e Mônica sentiu que seu corpo caía. Logo em seguida, um cheiro forte de poeira invadiu suas narinas.

Apurando os ouvidos na escuridão, depois que o mundo desabou, Mônica começou a escutar gemidos à sua volta. Mantendo a calma — adiantaria desesperar-se? — quis apalpar-se, certificando-se de que estava viva, intacta, mas suas mãos seguravam algo. Percebeu que era a sua mochila, onde guardava a enxada. Instintivamente, ela agora compreendia, a mala ainda aberta, fora a única coisa a que se agarrara.

Tateando à volta, já que se sentia inteira, arrastou-se em direção ao gemido mais próximo. Reconheceu a voz de Márcia.

— Márcia, não se desespere! — ela encorajou a amiga.

— Mônica! Mônica! Pelo amor de Deus, Mônica! — Márcia gritava de dor.

Mônica tentava salvar a amiga. Reunindo todas as forças, procurava remover a enorme viga que esmagava o frágil corpo de Márcia. Mas por mais que se esforçasse, a viga não se mexia, e ela sentia que a vida de Márcia estava indo embora.

— Pelo amor de Deus, Mônica! Faça alguma coisa... faça alguma coisa... — ela gritava alto, agarrando-se à amiga, como um náufrago agarra-se a uma tábua de salvação.

Vendo que nada podia fazer, Mônica a abraçou, ternamente. As duas choravam, desesperadas. De repente, Mônica percebeu que o corpo tenso da amiga ficou mole, inerte e Márcia silenciou.

— Márcia, Márcia! Responda, pelo amor de Deus! — Mônica gritava, sem obter resposta.

Assim que percebeu que nada podia fazer, Mônica parou momentaneamente de chorar. Assim, pôde ouvir um gemido que vinha de perto. Era Mário, tinha certeza. Arrastando-se, carregando a mochila, ela se aproximou dele.

— Mário, você está vivo! Graças a Deus!

— Meu braço, Mônica! — Mário gemia.

— Ele está imprensado debaixo de um pedaço de concreto, Mário! — Mônica, tateando no escuro, conseguiu saber o que acontecera com o namorado.

De repente, Mônica percebeu que o corpo tenso da amiga ficou mole, inerte e Márcia silenciou.

— Vê se acha alguma coisa para eu poder tirar meu braço daqui debaixo!

— Mas eu não tenho nada, Mário! Se eu tivesse pelo menos um objeto que... — Mônica cortou a frase no meio. — Mas claro que tenho! A enxada!

Rapidamente, Mônica abriu sua mochila, desembrulhou a enxada, sempre envolvida pela bandeira japonesa. Mesmo com dificuldade, conseguiu introduzir a enxada sob o pedaço de concreto. Usando-a como alavanca, conseguiu movê-lo alguns milímetros, num esforço supremo. Foi o suficiente para Mário livrar seu braço.

Mônica, vendo que Mário estava livre, sentiu-se mais aliviada. Olhando à volta, acostumando-se com a escuridão, percebeu que havia uma tênue luz mais à frente. Com dificuldade, arrastou-se até lá. Utilizando novamente a enxada, começou a cavar com raiva, com fúria, com ódio. Aos poucos, o buraco ia aumentando, assim como a luz.

Mônica sentia raiva por não ter podido salvar Márcia, mas ter conseguido ajudar Mário a animava a continuar, apesar do cansaço. Com esforço, foi abrindo mais e mais o buraco. Suas mãos sangravam, mas ela não desistia.

Quando sentiu que já dava para passar pelo buraco, enfiou-se pela abertura. Ajudada por dois outros sobreviventes, conseguiu, depois, retirar Mário dos escombros e salvar os que estavam ali embaixo.

Já salvos, os dois se abraçaram, chorando muito. Mário quebrara o braço, mas suportava a dor. À volta deles, só ruínas restaram do que antes tinha sido seu prédio. Os edifícios vizinhos também eram um amontoado de destroços. Pessoas corriam de cá para lá, perdidas, sem saber a quem socorrer primeiro. Em muitos pontos, o fogo se alastrava.

Um dos sobreviventes achou um pedaço de pau e improvisou um cabo para a enxada, que, agora, transformara-se num importante instrumento na luta desesperada para salvar vidas. Se não conseguiam retirar os feridos, pelo menos abriam buracos para o ar penetrar embaixo dos escombros.

Quando as equipes de resgate chegaram, cinco horas depois, Mário e Mônica, depois de conseguirem retirar o corpo de Márcia dos escombros, foram transportados para uma escola, a menos atingida das edificações, em condições de abrigar os sobreviventes.

Depois de ter seu braço engessado, Mário, mesmo estando com dor, fez questão de, junto com Mônica, ajudar as equipes de resgate no que podia.

Horas depois, um dos repórteres de um canal de televisão japonês, sabendo do heroísmo de Mônica, salvando sobreviventes com sua enxada, entrevistou-a.

Em Konosu, Taeko, Nélson, Renato, Beatriz e todos os outros brasileiros, assim que souberam do terremoto, acompanhavam os noticiários televisivos, preocupados, querendo saber notícias dos brasileiros de Kobe. Quando viram, na tevê, o rostinho conhecido de Mônica, os cabelos sempre trançados, e Mário, pularam de alegria. Eles estavam vivos e bem!

Dias depois, em uma daquelas intermináveis manhãs, Mônica distribuía leite e alimentos para os desabrigados. Desesperados, famintos, era difícil controlá-los. Ocupada em manter a fila em ordem, ela não escutou que uma das coordenadoras da Cruz Vermelha procurava por uma sobrevivente.

— Sakurako! Quem é Sakurako? — a mulher gritava, acompanhada por um soldado de uma das equipes de resgate.

— Quem é Sakurako? Aquela mulher está procurando por Sakurako... — Mônica indagava, olhando em volta, enquanto era ajudada por Mário a distribuir os pacotes de leite. — Sakurako! — Mônica parou um instante, como se se descobrisse no meio de todos.

— Sakurako Takahashi, quem é Sakurako? — a coordenadora se aproximava.

— Mas... sou eu! — ela falou em voz baixa. — Sakurako sou eu! — ela agora se identificava em voz alta.

O policial aproximou-se. Apesar do capacete de uniforme de campanha, Mônica o reconheceu. Era o mesmo policial alto de bigode, do *koban*, do posto policial de Hachiko.

— Vimos, pela televisão, que você era uma das sobreviventes. Acabou sua viagem, sua procura. Tenho ordens para levá-la comigo... — ele disse, curvando-se em cumprimento.

— Não, minha viagem ainda não terminou. Preciso continuar aqui.... — ela falou, firme.

— Você merece mesmo esta medalhinha em seu pescoço! *Gambatê, kudasai*! — Ele entendeu que não adiantaria insistir.

— Eu estou me esforçando, sim!

— Em Nara, as cerejeiras florescem sempre em abril. Elas não se atrasam, nunca se atrasam... — curvando-se em cumprimento novamente, o policial, antes de partir, passou à jovem o endereço de um *ryokan* em Nara, um hotel ao estilo japonês.

Mário, vendo o policial partir, aproximou-se dela.

— Mônica, tudo bem com você? — ele percebeu que a namorada estava com o olhar vago, distante.

— Mônica não, Mário! Meu nome é Sakurako!

— Mas você nunca gostou do seu nome japonês! Até reclamava com a Taeko que...

— Não gostava mesmo, Mário! Mas agora, ouvindo alguém falar meu nome, eu não percebi que era a mim que procuravam!

— Eu notei isso! Até pensei que você ia dar bronca, como fazia com a Taeko... — Mário comentou.

— Pois foi como se desse um clique na minha cabeça, sabe? Eu me chamo Sakurako, por que ficar rejeitando o meu nome, esse meu lado nipônico?

— Portanto, a partir de hoje...

— A partir de hoje, assumo a Sakurako que há em mim...

— Que lindo, Môni... Quer dizer, Sakurako! — E Mário a abraçou, sorrindo.

25 *As sakuras florescem em abril*

O consulado brasileiro, assim que as comunicações com Kobe foram restabelecidas, enviou funcionários para providenciar a volta dos sobreviventes que queriam retornar ao Brasil. Sakurako, conseguindo telefonar para seus pais, numa conversa emocionada, recusava-se a sair de Kobe.

Mesmo diante dos apelos paternos para que ela retornasse, a jovem mostrava-se inflexível.

— Pai, por favor, me entenda! Estou bem. Agora tudo está entrando nos eixos. Eu estou sendo necessária aqui e, depois, eu vou até o fim na minha missão!

— Filha! Não tem mais sentido tanto sacrifício!... — ele exigia, respaldado na sua autoridade de pai.

— Pai, desculpe, mas pela primeira vez eu não vou obedecer. E não vou porque, mesmo diante das dificuldades encontradas no Brasil, você cumpriu sua missão. Agora, por favor, deixe-me cumprir a minha. Falta pouco tempo para encontrar o meu avô!

A voz de Sakurako, firme, o acalmou. No fundo, orgulhava-se da filha. Sakurako, ao desligar, engoliu o choro, respirou fundo e, olhando para Mário, a seu lado, sorriu:

— Ainda bem que ele entendeu meu ponto de vista, Mário!

O jovem, abraçando-a, afagou seus cabelos.

Somente no final de março daquele ano, os jovens sentiram que era hora de partir. Kobe já ressurgia das cinzas, acordando daquele pesadelo. Até ali tinham trabalhado duro, não na esteira da linha de produção de uma fábrica qualquer, mas na linha de produção do renascer da vida em Kobe.

Deixando Kobe, em direção a Nara, nas ainda improvisadas linhas férreas, o trem mostrava terrenos cheios de destroços por todos os lados, onde antes havia prédios, casas.

— Agora é que percebo que foi um milagre nós sobrevivermos! — Mário desabafou, vendo as feridas da dolorosa cirurgia a frio, sem direito a anestesia, que Kobe sofrera.

— Vai ser difícil reconstruir isso tudo, não? — Mônica também tomava consciência da extensão da destruição provocada pelo terremoto. — As autoridades falam em trinta e tantos mil feridos...

— Além de mais de vinte mil edifícios destruídos...

— Mário completou, espantado. — Quando eu escutei os números, também não podia avaliar o tamanho do desastre. Números são frios. Mas, agora, vendo tudo isso, meu Deus do Céu!

— Sabe que um pouco de mim fica aqui, Mário? — Sakurako olhava pela janela, pensativa.

— De mim também, Sakurako!

— Não vou esquecer os feridos, os desabrigados, a garra deste povo sofrido e as lições que aprendi com Nakajimasan. O terremoto o levou, mas ficou um pouco dele em mim. E também nunca vou esquecer dos gritos desesperados de Márcia e dos outros brasileiros que morreram nos escombros do nosso prédio.

— É mesmo triste pensar que vieram do Brasil cheios de esperanças, como nós, e se transformaram em apenas mais um nome na lista dos mortos. — Mário se referia à lista de mais de seis mil vítimas fatais.

— Agora entendo um pouco do que foi Hiroshima e Nagasáqui para eles, Mário! Só destruição e desespero, como um terremoto. — Mônica aproximou o seu corpo do de Mário, pedindo um abraço forte.

— O que dói, Sakurako, é saber que aqui foi um fenômeno da natureza que causou isso tudo, mas as bombas, pelo contrário, são fabricadas e lançadas por homens... — Mário a abraçou com ternura.

Ao chegarem a Nara, Mário e Mônica sentiram uma paz imensa. O terremoto, que atingira Kobe tão violentamente, chegara ali de forma suave, apenas um leve tremor. Conhecida por seus bucólicos templos budistas e shintoístas, os pagodes, Nara dava a eles a paz de que precisavam.

— Você guardou o endereço do hotel? — Mário, assim que desceram do trem, perguntou a Sakurako.

— Guardei. Está aqui... — ela abriu sua inseparável mochila, procurando o endereço que o policial lhe dera em Kobe.

Não tiveram dificuldade em encontrar o endereço. Estressados pela constante tensão de uma cidade destruída como Kobe, ali finalmente encontravam um pouco de paz, já que o estilo bem nipônico do hotel era um convite ao descanso.

26 *Yoshino, quinta-feira, três da tarde*

Aguardando alguém entrar em contato com eles, Mário e Mônica estavam tranquilos. A religiosidade da cidade, as dezenas de templos, seus imensos jardins, tudo isso convidava à reflexão. Mônica sabia que estava mesmo no fim a sua procura. E não havia melhor lugar do que aquela cidade tão mística para encontrar seu avô.

— Mário, eu não acredito no que estou vendo... — Mônica se maravilhava, uma tarde, diante da imensa estátua de Buda, no interior do templo Todaiji.

— Deve ser uma das maiores estátuas de Buda do mundo, Mônica. Realmente impressionante... — Mário estava também extasiado diante da estátua, com seus dezesseis metros de altura.

Na mesma tarde, ao voltarem da visita ao templo, depois de um passeio pelo parque de Nara, ali perto, onde Mônica fez questão de alimentar os graciosos cervos que transitam soltos pelo imenso parque, uma surpresa.

Na portaria do hotel, a recepcionista, sorrindo com ar de cumplicidade, entregou-lhes um pacote com um bilhete.

— Deixaram esta encomenda... — ela entregou um pacote, onde havia dois quimonos, um estojo de pinturas e um bilhete: "Yoshino, quinta-feira, três da tarde."

Sakurako, embora surpresa, não demonstrava ansiedade. Esperara tanto por aquele momento! Sabia que iriam mesmo fazer contato e isso a tranquilizou.

— Onde é Yoshino? — Mário perguntou à recepcionista.

— É o parque das cerejeiras, a uns noventa quilômetros daqui. Vocês vieram para o *hanami*?

— *Hanami*? Ah, o florescer das cerejeiras? Mais ou menos... — Mônica titubeou, sendo firme em seguida: — Quer dizer, claro que sim!

— Lá é um lugar lindo! Tem mais de trinta mil cerejeiras, muitas muito antigas, com seiscentos, setecentos anos de vida... Nesta época, para lá acorrem milhares de pessoas... — a recepcionista informou.

— Nossa, Sakurako! Até me arrepia pensar nisso. Quando Cabral chegou ao Brasil elas, então, já existiam!

Sakurako riu da lembrança e da maneira espontânea como Mário se lembrou de um detalhe tão distante para eles naquele momento.

Na quinta-feira seguinte, ao se paramentarem para ir a Yoshino, vestindo os quimonos deixados na portaria, Mário e Sakurako se atrapalhavam.

— Você nem parece que é descendente de japonês, Mário! Olha a confusão que você está fazendo com o meu quimono! — Sakurako reclamava da ajuda que o namorado lhe dava.

— Tá legal! Eu me rendo! Vou chamar a recepcionista para nos ajudar. — Mário sorria, fazendo uma careta. Os dois riram muito.

— É bom mesmo, porque eu me atrapalho toda com essas coisas. Só usei quimono uma vez na vida. Lembro uma vez que meu pai me forçou, quando eu era pequena, a usar um na Festa das Meninas que fizeram lá no bairro da Liberdade. Eu morri de vergonha!

A recepcionista, solícita, ajudou Sakurako com o quimono, os retoques no penteado e a maquiagem.

— Você está linda com este coque! — Mário sorriu.

Quando a recepcionista terminou os acertos finais do penteado e da pintura no rosto de Sakurako, Mário afastou-se um pouco, para vê-la melhor.

— Deixe-me ver como ficou! Perfeito! — ele aprovou, completando: — Você está linda! Agora sim você tem cara de Sakurako. Até parece uma japonesinha de verdade.

— Que coisa ridícula, Mário! Olha como a minha cara ficou branca que nem cera! — Sakurako, ao olhar-se no espelho, teve vontade de desmanchar o penteado, tirar a pintura e ir só de quimono.

— Nada de se achar ridícula! Ridículo seria se você aparecesse lá de quimono e de... tranças! Já pensou? E, depois, a maquiagem faz parte do ritual. — Mário olhou-a com carinho.

— Sabe que, apesar de me estranhar assim, de coque e com essa pintura, na verdade estou me sentindo muito especial hoje! — De repente, Sakurako ficou séria, olhando-se no espelho. — Sei lá, é como se uma aura brilhante estivesse me envolvendo, não sei! — Sakurako resistia à vontade de chorar de emoção.

— Assim que se fala! Você está perfeita. Vamos embora?

Quando já deixavam o hotel, em direção à estação, Sakurako lembrou-se de algo importante.

— A enxada, meu Deus! Viajei milhares de quilômetros, esperei tanto tempo por este momento e quase a esqueço! Espere que vou buscar minha mochila.

Já no trem para Yoshino, Sakurako, ao ver tantas jovens de quimono, foi perdendo o constrangimento. O parque Yoshino, como Sakurako e Mário já haviam constatado em Ueno, no ano anterior, ficava simplesmente intransitável no *hanami*. Sakurako e Mário, andando pelo parque, já não se sentiam nem um pouco constrangidos. Pelo contrário, sentiam-se parte do Japão, verdadeiramente integrados, como se fossem japoneses legítimos.

— Como vamos encontrar alguém no meio desta multidão? — Mário considerou.

— Não temos que encontrar ninguém, Mário! — Sakurako, embora também ansiosa, confiava. — Eles é que nos encontrarão, tenho certeza.

Sakurako tinha razão. Sem que ela percebesse, enquanto andavam na multidão, alguém se emparelhou com eles.

— Que bom que você veio, Sakurako. Já posso chamá-la assim, não? — Uma senhora, vestida também de quimono, sorriu para ela. Sakurako a reconheceu imediatamente. Era a diretora do asilo.

— Pode sim. Eu estava ansiosa por este momento! — Sakurako a cumprimentou, surpresa e alegre por vê-la ali a seu lado, mas não demonstrando contentamento exagerado.

— Venham por este caminho! — ela sugeriu, seguindo um pouco adiante. — Logo à frente há um templo! Sua viagem está no fim!

Abandonando o burburinho da multidão, tomaram o rumo indicado pela senhora. Não muito distante dali, o estreito caminho levava a um templo budista, praticamente oculto pela folhagem das árvores. Um pouco afastada do templo, havia uma espécie de cabana, ou choupana.

— Venham por este caminho! — sugeriu a diretora, seguindo um pouco adiante.
— Logo à frente há um templo! Sua viagem está no fim!

27 A Ordem da Cerejeira

A diretora convidou-os a entrar no que ela chamou de *machiai*, uma espécie de sala de espera, distante uns vinte metros da choupana.

— Você é convidada para a cerimônia do chá... — ela apontou a entrada, dirigindo-se a Sakurako, mas fazendo questão de que Mário também entrasse.

Na sala de espera, havia várias pessoas sentadas à japonesa. Para surpresa de Sakurako, imediatamente percebeu rostos conhecidos. Reconheceu o senhor dos óculos fundo de garrafa, o policial alto, de bigode, o advogado e o velhinho de rosto queimado, entre outros.

A decoração da sala era simples. O que chamava a atenção de Mário era a presença discreta da efígie da flor de cerejeira na singela decoração das paredes, ao fundo, num pequeno arranjo de *ikebana* e no quimono de todos.

A diretora, sentando-se, olhou discretamente para um dos presentes. Curvando a cabeça, passou-lhe a palavra.

— As águas do riacho voltam a se encontrar, minha jovem! — o senhor dos óculos fundo de garrafa começou a falar, olhando carinhosamente para Sakurako. Agora ficava claro o que ele dissera há cerca de um ano, quando ela o encontrou na aldeia. Realmente, ali estavam novamente, frente a frente.

Rapidamente, o senhor dos óculos fundo de garrafa pôs os dois a par dos princípios da Ordem da Cerejeira, uma organização que cultuava os valores de um Japão secular, que infelizmente iam se perdendo com as novas gerações.

— Nossa organização, como muitas no Japão, meu jovem — e ele se dirigiu principalmente a Mário —, tem como símbolo a cerejeira, uma árvore de tradição secular. E há cerejeiras brancas, amarelas, rosas, uma grande variedade...

Mário entendeu o que ele dizia. Como as cerejeiras têm vários matizes, assim também as organizações têm vários enfoques diferentes. Ficava claro, agora, que a Ordem da Cerejeira não tinha nenhum vínculo com a Ordem do Grande Japão, organização de cunho ditatorial, arrogante, que levara Toshio e muitos outros à morte. Embora o símbolo das duas organizações fosse o mesmo, a cerejeira, e a preocupação com os valores nipônicos também fosse a mesma, as regras, a maneira de agir, os métodos, tudo as distanciava substancialmente.

— Venha, você é convidada para a cerimônia do chá — disse a diretora, agora dirigindo-se somente a Sakurako, fazendo um gesto para que Mário aguardasse entre os que ali estavam. A velha senhora sorria, muito tranquila.

Saindo da sala de espera, Sakurako e a diretora caminharam alguns metros.

— Aqui é o limiar que dá acesso à casa do chá - ela indicou um pequeno portão à frente. — Aqui devemos nos desvencilhar das preocupações mundanas, da ansiedade da sua viagem, minha jovem, da poeira do orgulho que ainda trazemos conosco. Aqui é preciso limpar o pó das impurezas do nosso coração, sacudir a poeira das vaidades humanas antes de se ultrapassar os umbrais da casa de chá, revestindo-nos apenas de harmonia, de pureza, de respeito e de tranquilidade.

28 A cerimônia do chá

Antes de entrarem na casa de chá, purificaram as mãos e a boca com a água retirada de uma bacia de pedra. Para poderem entrar, Sakurako e a diretora precisaram passar por uma porta baixa, que as obrigava a se abaixarem. Deixavam ali, segundo a diretora, com o gesto de agacharem-se, o orgulho, vestindo o sentimento de humildade, de desprendimento das vaidades humanas, tornando-se seres humanos comuns. Assim tinha sido, pelos séculos, com imperadores, samurais e homens do povo. A sensação que inundou os pensamentos de Sakurako, ao ver a singela decoração da sala, era como se ela entrasse em uma clausura, um espaço de meditação, de reflexão.

Entrando numa sala modesta, onde só havia uma espécie de fogão pequeno, com uma chaleira de água fervente e os instrumentos para a cerimônia estrategicamente colocados, Sakurako sentou-se, imitando a diretora.

A emoção de Sakurako, quando viu um velho senhor, que puxava de uma perna, entrar na sala, foi indescritível. Seu desejo era levantar-se, abraçá-lo forte e demoradamente, entregar-lhe a velha enxada que trazia embrulhada na bandeira japonesa e beijá-lo repetidas vezes. Mas se conteve. Sabia que tinha de ser forte e sufocar a emoção daquele momento tão sagrado.

Não era preciso dizer que estavam diante de Jiro Takahashi, o avô de Sakurako. Sem se dirigir à jovem, ele serviu uma pequena e austera refeição com vários pratos, onde o básico era arroz, peixe e legumes. Sakurako, emocionada, olhava para ele, descobrindo os mesmos traços da foto do avô em uniforme militar, que decorava a sala de sua casa.

Ali, o silêncio imperava. Nenhum gesto supérfluo, desnecessário. A jovem sabia, de antemão, que, em vez de palavras, o anfitrião se expressava por intermédio da decoração precisa, dos instrumentos simples, da alimentação feita por ele mesmo.

Depois da austera refeição, o anfitrião serviu um doce, harmonicamente acondicionado em uma caixa de madeira envernizada.

Quando, na sequência do ritual, o ancião, já tendo preparado pessoalmente o chá, estendeu a pequena tigela a Sakurako, suas mãos tremiam. Os olhares dos dois cruzaram-se pela primeira vez, por um instante. Ao pegar a tigela com suas mãos trêmulas, uma lágrima rolou pelo rosto da jovem. Girando a pequena tigela três vezes em sentido horário, como a diretora aconselhara que fizesse, seguindo o ritual, Sakurako sorveu o chá em três pequenos goles.

Ao devolver a tigela à diretora, que a retornou às mãos do ancião, Sakurako esperava que ele lhe dirigisse a palavra. No entanto, terminada a singela cerimônia, o avô levantou-se. Sem olhar para Sakurako, abandonou a sala.

29 *O nabo e a cenoura têm gosto de saudade*

Sakurako foi tomada, então, por uma estranha sensação de perda. Não o encontraria mais? Mecanicamente, levantou-se com a intenção de alcançá-lo, de dizer-lhe que viajara tanto para entregar-lhe a enxada que estava em sua mochila, que o amava, mas foi interompida pela diretora, que a tranquilizou. Depois de um certo tempo que ele havia saído, a velha senhora dirigiu-se a ela:

— Venha, agora podemos sair — ela convidou Sakurako a acompanhá-la para fora da casa de chá.

Lá fora, quando Sakurako percebeu, estava sozinha. A diretora a deixara. Andando pelo caminho, vivendo aquele momento mágico, olhando o pequeno bosque que envolvia a casa de chá, uma certeza em seu coração dizia que seu avô deveria estar por ali.

Realmente, em um canto do pequeno bosque, sob uma secular cerejeira, lá estava ele, o seu avô querido, sentado à japonesa, sobre uma esteira bem simples.

Aproximou-se, segurando a enxada envolta na bandeira japonesa. Curvando-se, sentou-se também na mesma posição, diante dele. Olhando o avô nos olhos, estendeu a enxada, e entregou-a. Ele a tomou em suas mãos, desembrulhou-a e sorriu pela primeira vez. Ao tocar a velha enxada, passou os dedos trêmulos pela lâmina, meditativo, certamente lembrando-se de sua vida no Brasil.

— A terra foi ferida, o nabo e a cenoura têm gosto de saudade — ela disse, com voz trêmula, fraca. Sakurako estava tão emocionada naquele momento que, sem perceber, falara em português.

— E vidas também foram salvas... — ele respondeu também em português, falando com a neta pela primeira vez, referindo-se às vítimas do terremoto que Sakurako salvara.

Com gestos precisos, o avô de Sakurako colocou a enxada ao lado de seu corpo, sobre a esteira. Ela percebeu que ele o fazia com os mesmos gestos precisos do cerimonial do chá, momentos antes. Para um ocidental, isso poderia significar frieza, desinteresse, mas para ela, que já conhecia a maneira de os japoneses pensarem, a atitude do avô revelava que ele esperava há muito tempo pela entrega ritualística da enxada. Ele certamente esperara por aquele momento durante boa parte de sua vida.

Em seguida, olhando para ela, bem dentro de seus olhos, abriu os braços, convidando-a para um abraço. Sakurako ficou indecisa, sem saber se devia se aproximar. Afinal, ali estava seu avô, homem de profundas raízes japonesas, e o abraço... o toque físico... Será que ela iria finalmente poder tocá-lo? Esperara tanto por esse momento! Andara tanto para isso! Mas a cultura japonesa...

O avô, percebendo sua indecisão, incentivou-a.

— Venha, eu sei que você quer me abraçar e eu também estou querendo ter você nos meus braços. Não se esqueça de que já morei no Brasil e uma das coisas de que me lembro muito bem é o costume do abraço brasileiro. Venha! — ele falou novamente em português.

— Mas o senhor está falando... na minha língua! — foi aí que Sakurako percebeu que ele falava em português.

Olhando o avô nos olhos, Sakurako estendeu a enxada, e entregou-a.

— Digamos que, durante o tempo em que você me procurava, eu também tenha me preparado para este momento! — ele sorriu, continuando a falar em português.

Sakurako entendeu, então, que o avô sabia de sua presença no Japão desde o momento em que estivera na aldeia, conversando com o senhor de óculos fundo de garrafa. Encorajada por ele, Sakurako perdeu o receio, a timidez, e se aproximou, abraçando-o carinhosa e demoradamente.

Ficaram quietos, um aninhado no abraço do outro, um sentindo a respiração emocionada do outro. Quando percebeu que Sakurako soluçava, ele acarinhou seu rosto.

— Sakura! Sakurako! — ele disse, e a jovem entendeu que seu nome, que ela tanto detestara, estava integrado naquele momento, com o florescer da *sakura*, nome japonês da cerejeira.

— Sakura! Sakura...ko! Sakurako! — ela repetiu várias vezes, percebendo que seu nome soava-lhe agora como uma música suave.

Desarmando o abraço, olharam-se nos olhos. Lágrimas banhavam os olhos dele e os dela. Sem medo, ela levou suas mãos, num gesto filial, ao rosto do avô, enxugando suas lágrimas, que escorriam, discretas.

Ele, em seguida, tocou o rosto da neta e também enxugou suas lágrimas. Segurando as mãos de Sakurako, levantou-se.

30 *Quem feriu o avô de Sakurako?*

— Venha, vamos passear um pouco pelo bosque! — ele falou. Chamando-a para perto de si, abraçou-a, amparando-se na neta. Caminharam assim, quietos, silenciosos, um esperando que o outro começasse o diálogo. Sakurako queria perguntar tanta coisa sobre ele, sobre os desentendimentos havidos com seu pai, mas sentia-se inibida.

— Lá em casa papai ainda conserva a sua foto, do tempo da guerra, com seu uniforme militar — Sakurako não sabia por onde começar e optou pelo óbvio.

— Ah, a guerra! Eu era piloto de avião. Talvez seu pai tenha contado alguma coisa a respeito. Lembro-me como se fosse hoje o dia em que recebemos ordens de atacar Pearl Harbor, uma base americana no Havaí... — o avô de Sakurako tinha o olhar distante, como se voltasse ao passado.

— Papai uma vez me disse que o senhor tinha sido *kamikaze*, esses pilotos que morrem junto com o avião cheio de bombas! Quando pequena, eu nunca entendi como tinha sobrevivido. Só depois de grande é que fui entender!

— No final da guerra, eu me inscrevera para entrar no corpo de elite dos *kamikazes*, os pilotos-suicidas. Já tinha sido designado para uma missão, e até já tinha participado do banquete funéreo... — o avô de Sakurako decolava nas asas de suas lembranças. Percebendo que a neta não estava entendendo, ele explicou: — Era uma espécie de festa para os que iam morrer no dia seguinte, em missão. Mas na última hora mudaram os planos. Em vez de uma missão suicida, fui escalado para uma missão de vida, para levar víveres aos sobreviventes de Hiroshima. Nagasáqui também já havia sido vitimada pela bomba atômica, três dias depois de Hiroshima, e o Japão pedia a rendição.

De repente, ainda lembrando-se do passado, ele cantarolou uma canção que lhe tocava fundo:

— "Sobre nossos sete botões de alunos-aviadores, são cinzeladas flores de cerejeira. Hoje voaremos sobre nuvens de tempestade para a nuvem clara de esperança que surge no céu..." — o velho *kamikaze* não conseguiu terminar. A voz embargada o impediu de continuar.

— Nosso uniforme tinha sete botões, cada um decorado pelas pétalas de flor de cerejeira... Nós, jovens *kamikazes*, tínhamos orgulho em envergar aquele uniforme. Justamente o uniforme da foto que há em sua casa, certamente. Morrer pelo imperador era um orgulho para nós. Mas quando vi a destruição de Hiroshima, depois a de Nagasáqui, as pessoas parecendo verdadeiros zumbis, andando sem destino entre os destroços, fiquei imaginando quantas vezes eu também não causara tudo aquilo.

Desgostoso com a destruição que a guerra gerara, sem perspectivas em um Japão jamais invadido, mas destroçado, emigrara para o Brasil. Lá, encontrara um grande amigo, Nishisan. O amigo o recebeu com honras, mas logo iriam se desentender.

— Nishisan? É o mesmo nome... - Sakurako interrompeu momentaneamente a narrativa do avô.

— O responsável pelo ataque aos desabrigados e pelo gás mortífero de Shinjuku e tantas outras atrocidades. Ficou velho, mas não amadureceu o espírito. Dele, infelizmente, guardarei sempre comigo a lembrança desta perna machucada.

— Foi ele quem...? — Sakurako se surpreendeu.

— Sim, foi ele quem me alvejou. Havíamos nos desentendido por causa dos rumos da guerra. Ele fazia parte da Shindo Renmei, a Liga do Caminho dos Súditos, uma organização de japoneses radicados no Brasil, que não acreditavam em hipótese alguma que o Imperador se dirigira pela primeira vez à nação, anunciando que o Japão fora derrotado. Achavam que todas as fotos, todas as notícias da derrota eram falsas, inventadas pelos americanos. Mas como, se eu vira Hiroshima e Nagasáqui destruídas?

Sakurako compreendia que o avô precisava desabafar, contar coisas que doíam muito.

— Eles eram tão fanáticos que simplesmente matavam os que não acreditavam na vitória do Japão. Mataram mais de vinte patrícios. Nishisan, como era meu amigo, foi encarregado de me fazer mudar de ideia, ou me calar para sempre. Discutimos, nos alteramos, e ele puxou uma arma. Disparou friamente. Sorte minha que errou o tiro, acertando só a minha perna.

Tomando fôlego, o avô de Sakurako explicou que, ferido, precisou regressar ao Japão.

— Inutilizado para a lavoura, eu precisei voltar. Nishisan, deportado por atos terroristas, também voltou ao Japão. Não querendo admitir a derrota japonesa, iniciou as atividades criminosas da Ordem do Grande Japão, Nós, por outro lado, demos início à Ordem da Cerejeira, com o objetivo de procurar cultuar os valores nipônicos, mas sempre dentro da paz e do respeito ao ser humano.

31 *O pedido de perdão*

Eles haviam terminado o pequeno passeio pelo bosque e voltavam à esteira. Sakurako o ouvia com atenção, embevecida. Mas, sentia que chegava o momento mais difícil, o de saber dos desentendimentos do avô com seu pai.

Enquanto se sentavam novamente, Sakurako olhou o avô com ansiedade. Ele percebeu que ela queria perguntar-lhe algo.

— Diga, minha netinha! Abra seu coração! Percebo que você quer saber de coisas que falam de seu pai, de você.

— É difícil abordar esse assunto, vô! Mas... e seus desentendimentos com meu pai? — ela falou de supetão, embora com receio de tocar em um assunto que em sua casa sempre fora tabu.

— Seu pai, seguindo uma tradição japonesa, foi para o Brasil em meu lugar, com a finalidade de ferir a terra, de acabar minha missão. No Brasil, casou-se e, eu, na minha ignorância de não aceitar sua união com uma *gaijin*, uma estrangeira, rompi com ele, considerando-o morto para sempre.

— Então, a minha vinda... eu que sou uma *konketsuji*, uma mestiça... — Sakurako não entendia como ele a havia aceitado.

— A sua vinda veio me mostrar que tenho que pedir perdão a seu pai, sua mãe, a você... E, se você tem o meu sangue e o meu sobrenome, não posso nem devo considerá-la uma *konketsuji*. Você também me ensinou muito esse tempo todo em que me procurou.

— Eu ensinei alguma coisa ao senhor? — Sakurako se espantou.

— Sim, minha neta! Me ensinou uma grande lição. Você mergulhou em nossos costumes e aceitou nossos valores. Aprendi com você que é preciso cultuar, sim, os nossos valores, mas não podemos nos fechar para o Ocidente, como aconteceu no passado, por mais de dois séculos. Você me ensinou que devemos continuar a ser japoneses, mas que devemos estar abertos, aceitando os costumes de outros povos... — ao terminar, ele lentamente foi se levantando. Sakurako o acompanhou, ficando em pé.

De repente, o ancião foi se curvando, e Sakurako percebeu que ele se ajoelhava. Ali estava o ex-*kamikaze,* homem endurecido pela guerra, ajoelhando-se diante dela. Em seguida, curvou-se, até tocar o solo com a testa, o ritual nipônico de humilhação, de pedido de perdão. Sakurako tomou-o pelos braços. Antes de erguer-se, ele a indagou com os olhos, querendo a confirmação do perdão.

— Vô, levante-se! — ela se sentia constrangida, mas emocionada ao mesmo tempo. — Meu pai sabia que, vindo ao Japão, eu o encontraria. Se permitiu minha vinda, é porque também queria a reconciliação. É em nome dele que aceito seu pedido de perdão.

Mário, ali perto, olhava com emoção a cena, vendo Sakurako abraçar-se ao avô. Entendia que a segunda viagem de Sakurako, a viagem à procura de sua própria identidade, havia mesmo terminado. Aproximando-se, curvou-se diante do ancião.

Vendo Mário tão próximo, Sakurako olhou para o avô, como se estivesse pedindo a bênção para o amor dos dois. Entendendo o pedido, o avô tomou as mãos dos jovens entre as suas e os abençoou.

32 *A viagem de si a si mesma*

A diretora aproximou-se, com os demais membros, trazendo alimentos e bebidas para comemorarem o *hanami* sob a secular cerejeira.

Já sentados, mais descontraídos, Sakurako foi tomada por uma dúvida que a atormentava há muito tempo.

— Vô, e minha avó? Ela está viva? — Sakurako perguntou de repente, em japonês, mas bem no estilo brasileiro.

Todos silenciaram ao ouvirem a pergunta da jovem. Ela percebeu que houve um certo constrangimento no grupo. Sabia que não se deve fazer perguntas tão diretas assim para um parente mais velho, ainda mais quando esse parente é o avô paterno. Mas não tinha como fazer rodeios. No entanto, Sakurako já estava arrependida da pergunta.

O avô, que comia ainda, terminou de mastigar, colocando a tigela de lado, na esteira. Em seguida, tomando uma tacinha de saquê que lhe foi dada a beber, sorveu o líquido, lentamente, impassível. Todos aguardavam sua resposta e, principalmente, Sakurako. Para ela, a demora da resposta parecia secular. Naquele momento, se pudesse, teria evitado a pergunta.

Olhando-a com ternura, o velho sorriu, com tranquilidade, uma tranquilidade que a angustiava.

— Você esteve com ela esse tempo todo... — e, sorrindo, olhou em direção à diretora, que lhe dirigia um sorriso cúmplice.

— Você é... — Sakurako estava boquiaberta, surpresa. — Você é... não, não acredito! — As duas se levantaram quase ao mesmo tempo, como que atraídas uma pela outra.

— Vó! — Sakurako a abraçou. — Então... a senhora... a senhora sabia durante esse tempo todo que eu... eu era sua neta!... Mas, seu nome...

— Meu nome é Akiê! — a velha senhora sorria.

— Sim, eu sabia que minha avó se chamava Akiê, mas... você nunca me disse!

— Você nunca perguntou! — ela sorria com ternura. — Sempre me chamou de diretora, como todos no asilo!...

— Vó! — Sakurako a abraçou. — Então... a senhora... a senhora sabia durante esse tempo todo que eu... eu era sua neta!

— Então, eu fui chamada ao asilo para... — Sakurako estava estupefata.

— Você foi chamada para que pudéssemos ficar mais perto uma da outra, Sakurako... Para que você não sofresse tanto com o corte do galho, lembra-se? — As duas choravam enquanto se abraçavam.

— Agora eu entendo por que demorei tanto a encontrá-los... — Sakurako sorriu, olhando para a avó e para o avô, que se levantara e vinha na direção das duas.

— Sim, você foi colocada à prova. Por isso, o seu tempo conosco, no asilo. Era preciso fazê-la viajar para dentro de si mesma, aprendendo a entender um pouquinho nosso jeito nipônico de ser, como aprendi com vocês, brasileiros, o jeito ocidental de encarar a vida... — o avô se aproximou.

— Viagem para dentro de mim mesma!... Sim, claro, agora eu entendo tudo! Mas, por que Kobe, vô?

— Em Kobe eu iria encontrá-la, Sakurako! Queria recebê-la no porto de onde parti para o Brasil. Mas aí teve o terremoto... Certamente, os deuses tinham outro plano para você...

— Os deuses queriam que eu os encontrasse. E eu os encontrei finalmente! — Sakurako olhou-os com ternura, abraçando-se aos avós, deixando que o choro contido até agora inundasse seu rosto.

33 **Sayonara, Nihon!**

O avião com destino ao Brasil, via Los Angeles, nos Estados Unidos, preparava-se para decolar. Era manhã de começo de abril, no Aeroporto Internacional de Narita, no Japão.

Uma simpática mestiça, filha de brasileira e japonês, cabelos curtos, ajeitava com dificuldade seus pertences. Teve até de subir na poltrona para alcançar o compartimento das bagagens.

— Sakurako, você não perdeu nada? — um dos passageiros que lotavam o enorme Jumbo 747 perguntou-lhe.

Antes que a jovem pudesse dizer alguma coisa, o jovem sorriu, entregando-lhe um envelope.

— Tome, amor!... — o jovem estendeu o braço. — O envelope deve ter caído quando você estava guardando suas valises. Preciso colocar minhas coisas aí em cima, junto das suas no bagageiro, já que vou sentar ao seu lado. Pode deixar que dou um jeito nas bagagens.

— Pelo amor de Deus, Mário! Eu poderia ter perdido até meu passaporte, mas jamais esse envelope. Obrigada, querido! É a coisa mais importante que estou levando para casa. É o pedido de perdão de meu avô para meu pai. Ele poderia ter telefonado para o Brasil, como eu fiz, e falar diretamente com meu pai, mas sabe como são os japoneses, né? — Sakurako sorriu, guardando o envelope em sua bolsa.

Apertando o cinto de segurança, Sakurako e Mário nem perceberam quando uma das aeromoças, seguindo as leis internacionais de voo, dava os informes de praxe sobre as máscaras de oxigênio e as portas de saída em caso de emergência.

Fechando os olhos, Sakurako relembrou como num *flashback* a despedida dos amigos, ainda há pouco, no saguão do aeroporto.

— Momô, vai com Deus! Taeko abraçou-a — segurando as lágrimas, querendo ser forte na despedida. Sem saber o que dizer, completou: — Seu cabelo ficou ótimo assim, curtinho!

— Taeko, por favor, não me chame assim! Meu nome é Sa-ku-ra-ko! Afinal, quem volta ao Brasil não é a Mônica, aquela menininha mimada, de trancinhas, que chegou aqui querendo fazer fortuna, mas é Sakurako, a mulher! — a jovem fez o seu conhecido trejeito com a boca, impostando a voz, fazendo a amiga sorrir.

— Para quem ia ficar só três meses, Sakurako, acho que você está um pouquinho atrasada, hein? — Nélson, abraçado a Taeko, sorria, concordando com a transformação da amiga.

— *Gambatê, kudasai* com esse namoro com a minha amiga! — Sakurako sorriu para Nélson. — Ela, na verdade, é mais que uma amiga, é minha irmã. Juízo, hein?

— Filha de Deus, dá um abraço forte aqui! — Renato, que quase perdia o embarque de Sakurako, chegou correndo. Abrindo os braços, espalhafatoso, convidou-a para um abraço apertado.

— Cabra safado da peste! Dá cá um abração, seu cearense duma figa! — Sakurako abraçou Renato com força, chorando. — Vê se cuida desse japonesinho com carinho! — Sakurako alisou a barriga de Beatriz, cuja gravidez, no quinto mês, já se fazia notar.

— Vou sentir saudades, Sakurako! — Beatriz a abraçou, emocionada.

Ali perto, distantes da ruidosa despedida, um casal de velhos sorria.

— Vô! Pode deixar que entrego a carta pro meu pai! — a jovem se aproximou. — Vó! Amei conhecê-la! Vou guardar com carinho esta medalhinha que meu pai me deu e que sei, agora, você deu a ele: o símbolo da Ordem da Cerejeira! — Sakurako exclamou. Levou a medalhinha com a efígie da flor de cerejeira aos lábios e beijou-a. Em seguida, curvando-se respeitosamente, ela se despediu dos avós.

— Sakurako! — Mário, já com os bilhetes nas mãos, a esperava, ansioso, na entrada do corredor que dava acesso ao portão de embarque.

Ali sentada na poltrona da aeronave, ao lado de Mário, ela pensava como fora difícil tomar a resolução de voltar ao Brasil. Já se acostumara ao Japão, estava muito entrosada com os costumes japoneses, mas era preciso retomar seus estudos, sua vida no Brasil.

Mário resolvera voltar com ela. Sentia que sua felicidade estava ali, a seu lado.

Ao sentir o arranque dos potentes motores, Sakurako beijou novamente a medalhinha e, como numa prece, disse para si mesma: "*Sayonara, Nihon!*", dando "até qualquer dia" ao Japão.